MEURTRE
À L'ÉLYSÉE

JEAN DUCHATEAU

MEURTRE À L'ÉLYSÉE

roman

CALMANN-LÉVY

Collection
« Les Lieux du crime »
dirigée par
BERNARD MAGNIN

NOTE DE L'ÉDITEUR

Cet ouvrage, de pure fiction, n'a d'autre ambition que de distraire le lecteur. Les événements relatés ainsi que les propos, les sentiments et les comportements des divers protagonistes n'ont aucun lien, ni de près, ni de loin, avec la réalité, et ont été imaginés de toutes pièces pour les besoins de l'intrigue.

ISBN 2-7021-1579-9

Imprimé en France

Sommaire

PLAN DU PREMIER ÉTAGE
DU PALAIS DE L'ÉLYSÉE

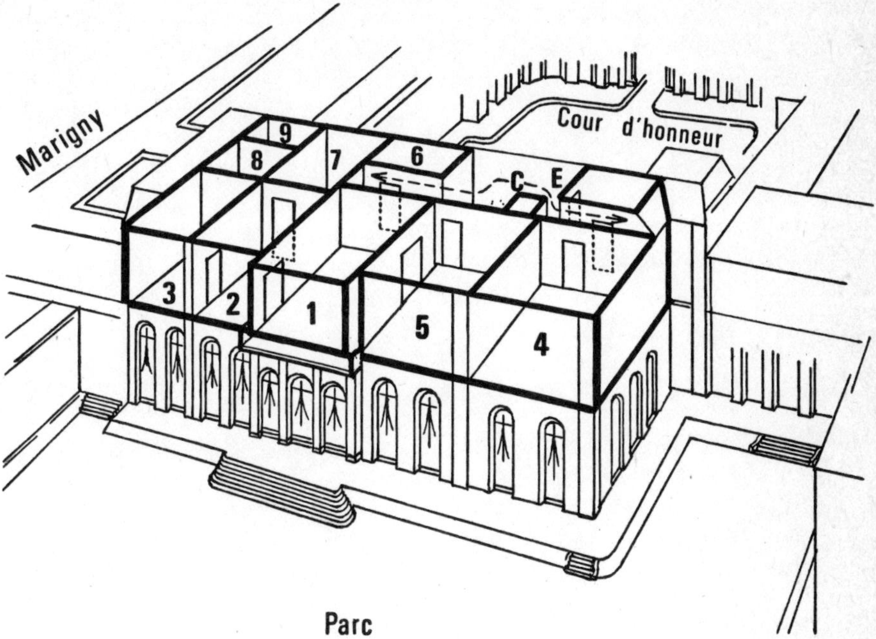

1 Bureau du Président de la République.

2 Bureau de Jacques Attali

3 Bureau de Jean-Louis Bianco

4 Bureau de Jean-Claude Colliard

5 Secrétariat du Président de la République

6 Hall

7 Antichambre

8 Secrétariat Bianco

9 S.G.A.

←C→ Couloirs

E Escalier

CHAPITRE PREMIER

Coup de feu

Vendredi 21 h 15, Paris (XVIe), rue du Docteur-Blanche

Un calme tranquille, presque inquiétant à force de silence, a envahi l'appartement de Jacques Attali. Jérémie, cinq ans, s'est finalement endormi comme un ange, le verre d'eau réclamé à son papa posé par terre, à côté de lui, à peine entamé. Sa mère, dans la pièce voisine, a laissé retomber *Elle* sur sa poitrine. Elle s'est assoupie, renonçant à lutter contre le sommeil et à attendre son mari puisque, ce soir encore, Jacques a du travail à finir.

Le conseiller spécial du Président de la République, en chaussettes, sur la moquette souple, fait des allers et retours dans son bureau. Seule la lampe de travail est allumée ; projetant une lumière crue sur quelques feuilles manuscrites. Attali se rassoit, relit sa dernière phrase, rajuste ses lunettes, prend la feuille du dessous de la pile, contemple un moment le titre provisoire de son essai : *Mécanique ondulatoire et systèmes politiques modernes.* « Quand même gonflé ! », profère-t-il tout haut, s'arrachant un sourire espiègle. Il se relève, reprend sa marche.

Difficile de se concentrer sur la réflexion théorique quand la politique politicienne se fait si préoccupante. Le Président a-t-il raison de choisir le thème sécuritaire pour amorcer la crise avec le Premier ministre ? Est-il bien temps de mettre fin à la coexistence — à la « cohabitation » comme disent les gens de droite et les médias ? La bataille des prochains mois s'annonce chaude et incertaine. Première chose à faire, en tout cas, dès demain matin : travailler sur les notes concernant l'état de l'opinion à propos du nouveau projet de loi Pasqua.

Au milieu de la petite pièce, Jacques Attali s'arrête net, ôte ses lunettes, regarde fixement un point imaginaire sur le mur. Brusquement, il ne fait plus ses quarante-quatre ans. Il a perdu son air d'intellectuel monté en graine, mais paraît un bébé cigogneau à la recherche de son nid.

Le revoici à son bureau, qui corrige le titre de son dernier chapitre. « Du fonctionnement des partis politiques » devient : « Du fonctionnement des machineries politiques. »

21 h 18 : inattendue, inconvenante, la sonnerie d'un bip-bip. Attali a oublié de re-commuter son téléphone en rentrant, tout à l'heure, du cocktail donné pour Françoise Sagan. Il se précipite sur son récepteur, le rebranche, décroche le combiné.

« Jacques ? C'est Jean-Louis...

Attali avait tout de suite reconnu la voix de Jean-Louis Bianco, le secrétaire général de la Présidence de la République.

— Oui ?

— Jacques, c'est très grave. Arrive à l'Elysée tout de suite, passe par la grille du coq... »

Pas le temps d'articuler la moindre question : l'autre a

déjà raccroché. Machinalement, Jacques Attali renoue sa cravate, met ses chaussures, enfile son veston, se retrouve dehors. Le policier en civil chargé de sa protection est devant la porte.

« Quelque chose qui ne va pas, m'sieur Attali ?

— Une urgence, je vais à l'Elysée.

— Alors, je vous accompagne...

— Si vous voulez. »

Attali s'installe au volant, l'inspecteur à ses côtés. Pendant le trajet, le conseiller spécial de François Mitterrand réfléchit : que peut-il se passer ? C'est sûrement lié à l'histoire du projet de loi, le Président a décidé de brusquer les choses, de précipiter la crise avec Chirac. Il veut ses conseillers autour de lui, pour leur préciser la marche à suivre. La bagarre espérée et redoutée va commencer ce soir. A-t-il eu tort, lui, Attali, de préconiser plutôt d'attendre ? De toute manière, le Président a toujours été le meilleur juge. Pourtant, il va falloir tout mettre en place très vite, ne pas se tromper, ne pas laisser non plus le Président s'engager dans une impasse : cette histoire de référendum avorté, il y a trois ans, aurait peut-être pu être évitée, si les hommes qui comptent dans l'entourage présidentiel avaient fait valoir leurs arguments, au lieu de se taire respectueusement devant le Président de la République. Il faut, décidément, oser parler à François Mitterrand un langage de vérité et de responsabilité...

21 h 33, Palais de l'Élysée

Un garde, visiblement prévenu, ouvre la grille du coq, salue la voiture de Jacques Attali, dont les pneus crissent sur les graviers de l'allée du parc.

Première surprise : devant la petite porte de côté du Palais, sur le haut des marches, Jean-Louis Bianco, seul, attend Attali. Cérémonial inhabituel, surtout à cette heure de la soirée. L'immense Bianco s'approche d'Attali, le prend par l'épaule, l'entraîne dans l'étroit couloir, vers l'ascenseur réservé au Président.

« Jacques, il est arrivé un malheur, une épouvantable catastrophe. Ne dis rien, viens jusqu'à mon bureau, nous allons essayer de rester calmes. »

Interloqué, Attali suit Bianco, s'étonne à peine, parvenu au premier étage, de le voir passer par le bureau du secrétariat présidentiel, puis par le bureau du Président de la République, enfin par son propre bureau, avant de se retrouver dans celui du secrétaire général de l'Élysée. Là, Jean-Louis Bianco s'assied, pose ses lunettes et fixe Attali d'un regard désespéré. Il a l'air d'un grand échalas abattu, d'un pélican frappé par une balle perdue.

« Il faut que je te le dise tout de suite, Jacques, c'est épouvantable : le Président est mort.

— Qu'est-ce que tu dis ? »

Jacques Attali s'est laissé aller en arrière sur son siège, les bras ballants de chaque côté des accoudoirs. Puis, se ramenant lentement vers l'avant du fauteuil, déglutissant avec difficulté, il répète :

« Qu'est-ce que tu dis ?

— Ecoute, Jacques, c'est un assassinat. Je vais essayer de te raconter aussi calmement que possible ce qui est arrivé ici ce soir...

— Ici ? coupe Attali, abasourdi, sépulcral dans la lumière verdâtre du bureau. Le Président a été assassiné ? Ici ? Quand ça ?

— Dans son bureau. Il y a une demi-heure. »

Et lentement, méthodiquement, surmontant avec peine son désarroi, Jean-Louis Bianco entreprend devant Jacques Attali l'étrange récit de l'incroyable soirée.

« Le Président m'a appelé au téléphone, de l'extérieur, vers 19 heures. Il m'a demandé de convoquer ici, à l'Elysée, pour 20 h 30, Mauroy, Fabius, Joxe, Jospin et Rocard.

— Rocard ?

— Oui, oui. Son projet, il me l'a dit clairement, était de les recevoir chacun à son tour, dans son bureau. Mais il m'a demandé de les faire venir tous à la fois, il ne savait pas combien de temps ça prendrait avec chacun. Je devais moi-même rester à l'Élysée pour les accueillir et patienter avec eux, et puis les introduire tour à tour, lorsqu'il me le dirait.

— Le Président n'a pas cherché à me joindre ?

— Je ne sais pas, Jacques...

— Je l'ai vu pourtant tout à l'heure, au cocktail de...

— Je ne sais pas, tu sais j'ai l'impression qu'il a eu tout à coup l'idée de ce qu'il fallait faire, il a voulu agir vite.

— Oui, oui, sans doute... Tu sais de quoi il voulait leur parler ? Ils sont venus ?

— Attends...

— Il est mort... C'est incroyable, Jean-Louis, c'est incroyable. Tu as dit, assassiné. C'est sûr ? Qui l'a tué ?

— On ne sait pas. J'essaie de te reconstituer le film de la soirée, pour que nous décidions ensemble de la marche à suivre.

— Personne n'est au courant ?

— Personne. Mais écoute-moi. Pierre Mauroy est arrivé le premier, à 8 h 25, puis Laurent, suivi par Joxe, enfin Michel Rocard et Lionel. A neuf heures moins vingt-cinq/moins vingt, ils étaient tous là. Je te dirai qu'ils étaient vraiment très surpris d'être invités ensemble...

— J'imagine ! Alors...

— Nous avons conversé de choses et d'autres en attendant le Président, dans l'antichambre du premier étage, là, à côté. On a surtout discuté de la loi Pasqua, tout le monde pensait que c'était de ça que François Mitterrand voulait leur parler...

— Ce n'était pas de ça ? »

Machinalement, Attali s'aperçoit que Bianco, pour la première fois, n'a pas dit « le Président » — comme il le fait toujours — mais « François Mitterrand » : pourquoi la mort d'un homme doit-elle changer si brusquement la manière dont on parle de lui ? La déférence disparaîtrait-elle déjà ? Le conseiller spécial s'étonne lui-même d'avoir eu cette pensée, l'écarte et fixe de nouveau son interlocuteur, son ami.

« Non, à ma grande surprise à moi aussi, ce n'était pas de ça, explique Bianco. Le Président est arrivé à 20 h 50, il a salué tout le monde, avec une très, très grande cordialité. Il s'est excusé de les avoir dérangés de cette manière peu commune — il a même plaisanté en faisant remarquer à Michel Rocard que lui était un habitué des décisions politiques nocturnes ! Il a dit qu'il était navré de les faire un peu attendre, mais qu'il souhaitait parler à chacun d'entre eux, successivement, de l'avenir politique du pays. Puis il est entré dans ton bureau, en me faisant signe de la main de le suivre, et nous sommes passés tous les deux dans le sien, où il m'a fait asseoir pour m'expliquer de quoi il retournait. »

Encore étourdi par l'annonce du meurtre, Jacques Attali a du mal à dominer son émotion — plus peut-être que Bianco, qui, il est vrai, sait depuis plus d'une demi-heure. Et puis Attali n'arrive pas à enfouir cette question, qui le taraude depuis tout à l'heure : pourquoi le Président ne m'a-t-il rien dit, pourquoi ne m'a-t-il pas fait signe, à moi aussi ?

Attali s'est levé, maintenant. Bianco aussi et tous deux continuent debout, devant la fenêtre, leur extraordinaire dialogue.

« Donc, reprend Bianco, le Président me dit seulement : “ J'ai pris une décision concernant l'élection présidentielle, il est de mon devoir d'en informer ces messieurs. Demandez à Pierre Mauroy de venir en premier. Restez dans votre bureau. Je vous appellerai pour introduire le suivant. ” J'ai immédiatement quitté la pièce, je suis sorti par ton bureau pour aller jusqu'à l'antichambre et j'ai prévenu Mauroy. Pendant qu'il se rendait auprès du Président, j'ai conduit les autres dans le bureau de Colliard, pour qu'ils soient plus à l'aise. Je ne suis pas resté avec eux, j'ai regagné directement mon bureau, ici. »

Attali scrute intensément le visage lisse et las du secrétaire général. Une décision concernant l'élection présidentielle ? Le Président avait donc sans aucun doute résolu de démissionner en prenant pour occasion le projet

Pasqua. Mais que venait faire cette convocation de tous les hiérarques socialistes ? Le Président aurait-il, au dernier moment, comme ça, décidé de ne pas se représenter lui-même ? Incroyable...

« Une décision concernant l'élection présidentielle, reprend Jacques Attali. Tu n'en sais pas plus ?

— Eh non ! A partir de là, franchement, je ne sais même vraiment plus rien du tout. J'étais assis ici — il montre son fauteuil d'un air involontairement théâtral. Mauroy était chez le Président : il y est entré vers 20 h 55, je dirais entre 20 h 53 et 20 h 55. Et puis plus rien, jusqu'à ce que j'entende un bruit bizarre en provenance de son bureau. Un bruit mat, suivi d'un choc sourd, comme un objet lourd qui serait tombé et puis, un bruit de porte. Il devait être 21 h 10, à une minute près. Je me suis immédiatement précipité dans le bureau de François Mitterrand. Il était là, comme quelqu'un qui aurait essayé de se lever mais qui serait retombé sur son siège, l'œil fixe. Presque pas de sang : la veste entrouverte, un petit trou rouge sur la chemise à la place du cœur.

— C'est insensé...

— Tu ne peux pas savoir à quel point... Je t'avouerai, Jacques, j'ai été effrayé. Par le choc brutal du meurtre bien sûr, mais immédiatement aussi par cette idée que nous étions seuls à l'étage, et que peut-être ce meurtre était plus abominable encore... ». Bianco hésite visiblement à poursuivre. Attali l'aide :

« Que veux-tu dire ?

— J'ai pensé que l'un des invités du Président pouvait avoir fait le coup — ou introduit quelqu'un pour l'assassiner...

— Tu dérailles, mon pauvre Jean-Louis », réplique

Attali — surpris d'avoir pourtant lui aussi, exactement la même idée.

Ils se sont rassis tous les deux, et Bianco finit de raconter. Pris de ce doute affreux, il s'est d'abord penché sur le corps, s'assurant qu'aucun souffle de vie ne l'habitait plus. Il a couru aux portes du bureau, n'a aperçu personne. Puis il a décidé de ne rien dire encore aux leaders socialistes. Il a seulement appelé l'homme de sécurité qui avait la confiance du Président, le commandant Prouteau.

« Prouteau ? s'étonne Attali.

— Oui, j'ai pensé, en un éclair, que, dans ce genre de situation, il saurait quelles mesures conservatoires prendre. Et puis je l'avais aperçu bavardant avec le Président au bas des marches, quand il était arrivé. Bref, j'ai appelé Prouteau...

— Mmmm, marmonne Attali, qui s'est toujours demandé ce que François Mitterrand et le commandant Prouteau pouvaient bien se raconter, dans ces apartés incessants.

— Prouteau a été très efficace. Il a vérifié qu'il n'y avait personne aux alentours, a prévenu les gardes aux entrées du Palais pour qu'on ne laisse sortir personne sans l'avertir. Je l'ai aidé à emporter le corps de François Mitterrand, il l'a ensuite chargé sur ses épaules...

— Où est le corps du Président ?

— Je ne sais même pas. Prouteau s'en charge. »

Pendant quelques secondes interminables, Jean-Louis Bianco et Jacques Attali se taisent. La situation est totalement extravagante. Le Président de la République française a été assassiné, dans son bureau de l'Élysée, par un meurtrier qui a réussi à s'enfuir, le tout s'est passé en plein milieu d'audiences accordées aux plus hauts responsables du parti socialiste. Le corps du Président est sans doute, encore, dans le Palais. Les chefs du P.S. y sont tous aussi, ne se doutant de rien. Le Premier ministre Jacques Chirac et les membres du gouvernement sont à des lieues du drame. Eux seuls, le conseiller spécial et le secrétaire général, les collaborateurs les plus proches d'un président qu'ils aimaient, sont au courant — avec le commandant Prouteau. Ils mesurent, comme physiquement, le poids des responsabilités qui pèsent sur eux en cette minute historique.

Que faire ? Le plus logique, le plus banal, le plus évident serait de prévenir les autorités de police, le Premier ministre, les amis du P.S. qui sont à côté, et puis de saisir le pays. Pourquoi ne le font-ils pas ? Pourquoi, dans ces cinq minutes capitales, prennent-ils le parti d'agir autrement ?

Lorsqu'il repensera, plus tard, à ces moments intenses et tragiques, Jacques Attali ne saura plus très bien comment leur raisonnement a pris corps, ni qui exactement, de Jean-Louis Bianco ou de lui-même, aura trouvé les arguments les plus décisifs. Ces arguments, que les deux hommes passent brièvement en revue, sont au fond simples, et finalement compréhensibles. Ils se résument à deux grandes inquiétudes.

D'abord celle-ci : si c'est vraiment un leader du P.S. qui a organisé le meurtre, l'idée paraît odieuse de s'en laver les mains, et de confier à Pasqua et à ses sbires une enquête qui pourrait se terminer dans la déroute et dans la honte pour les socialistes. Autant chercher, d'abord, à mettre les amis hors de cause. A comprendre ce qui s'est passé.

Et puis — l'argument est plus fort — les deux collaborateurs de François Mitterrand pensent à l'avenir politique immédiat. Le P.S. n'est pas prêt à affronter une telle tourmente. Aux yeux de l'opinion, Jacques Chirac incarnera immédiatement l'ordre, le recours, l'autorité de l'État, sa candidature présidentielle apparaîtra comme une solution évidente au plus grand nombre de Français. Les socialistes, eux, se déchireront dans la recherche improbable d'un candidat qui soit acceptable par toutes les tendances du parti. Michel Rocard poussera sa candidature, mais il paraîtra moins légitime que jamais aux « mitterrandistes » qui viennent de perdre leur chef — leur père — dans de terribles circonstances. Fabius, Jospin, Mauroy, Hernu, peut-être Delebarre, Poperen, pourquoi pas Jack Lang, vont faire assaut de piété filiale et d'ambition démultipliée. Le spectacle risque d'être dramatique et dérisoire. Cela fera le lit de Chirac. Bref, il faudrait gagner du temps, organiser la transition.

« Et puis Jacques, imagine que, malgré tout, l'un des nôtres soit impliqué dans le meurtre. Si c'était lui, le candidat du P.S. ? »

Imaginerait-on l'assassin du Président s'emparer de son fauteuil ?

Ne rien dire, gagner du temps, comprendre, réfléchir, s'organiser : les deux hommes conviennent que ce serait décidément la moins mauvaise des solutions. Mais est-ce possible ?

Bianco et Attali sont passés dans le bureau présidentiel, comme si c'était là, symboliquement, que les grandes décisions devaient, obligatoirement, se prendre. Ils ont renoncé à marcher, à tourner en rond, tant les lattes du parquet de bois craquent dans la nuit. Attali est accoudé, comme une arapède accrochée, à l'immense globe terrestre que François Mitterrand avait, naguère, fait installer dans la pièce.

« As-tu dit quelque chose à Laurent, à Lionel et aux autres ? demande-t-il.

— Je suis juste passé les voir dans le bureau de Colliard avant de descendre t'attendre en bas. Je leur ai dit qu'on avait entendu des bruits suspects dans le jardin — tu comprends, j'avais peur qu'ils aient entendu quelque chose. J'ai dit aussi qu'il n'y avait pas lieu de s'inquiéter mais que, par mesure de précautions, les gens de la sécurité avaient conseillé au Président de la République de quitter immédiatement le palais, et que sans doute leurs entretiens allaient devoir être remis. Je leur ai demandé d'attendre sur place.

— Ils sont encore tous là ?

— Oui, sauf Pierre Mauroy, qui est visiblement reparti directement, par le grand escalier, d'après ce que m'a dit Prouteau, après son entretien avec le Président...

— Ah bon ? Mauroy n'est pas allé rejoindre les autres ?

— Non, lui est parti. »

Jacques Attali en est maintenant convaincu : il faut retarder l'annonce publique de la mort de François Mitterrand, et profiter du laps de temps ainsi gagné pour essayer d'élucider les circonstances du meurtre et prendre des dispositions pour la suite des événements.

« Combien de temps crois-tu qu'on puisse gagner ? demande-t-il. Quel était le programme prévu du Président ?

— On peut en tout cas gagner le week-end, en prétextant que le Président, fatigué, a dû annuler ses engagements pour prendre un peu de repos à Latche. Tout le monde le comprendra, étant donné que le calendrier des prochaines semaines s'annonçait chaud...

— Il avait des engagements pour le week-end ?

— Une seule chose embêtante. Je crois qu'on n'avait pas eu le loisir de t'en parler depuis ton retour de Rabat, ce matin, mais le Président avait donné rendez-vous à Chirac demain samedi, à midi, pour faire le point des accrocs à la cohabitation et parler des implications du projet Pasqua.

— Ah ?

— Oui, mais Chirac avalera comme tout le monde l'idée du week-end de repos à Latche. A partir de lundi, ça deviendra un peu difficile, mais si on n'y voit pas plus clair, on pourra peut-être encore gagner un jour ou deux et annuler les rendez-vous prévus. Le butoir absolu, c'est évidemment le Conseil des ministres, mercredi matin...

— Évidemment. Tu crois vraiment que c'est tenable ?

— De toute façon, réplique Bianco, rappelle-toi. A la mort de tous les grands hommes, on a soupçonné leur entourage d'avoir retardé l'annonce du décès pour mettre en place un dispositif politique. Rappelle-toi, la mort de Staline, celle de Franco, celle de Mohammed V du Maroc...

— Évidemment », répète machinalement Jacques Attali, vaguement choqué par l'évocation de ces trois noms, alors qu'il s'agit aujourd'hui de la disparition de François Mitterrand, et non d'un dictateur ou d'un monarque de droit divin...

Le silence les enveloppe quelques secondes. Bianco dit encore : « C'est terrible, mon vieux... »

Et les deux fidèles de François Mitterrand arrêtent leur stratégie. Jean-Louis Bianco va immédiatement téléphoner à Maurice Ulrich, le directeur de cabinet du Premier ministre, chez lui, pour annuler le rendez-vous de demain avec Jacques Chirac. Puis il ira retrouver les dirigeants socialistes qui attendent toujours dans le bureau de Jean-Claude Colliard — le directeur de cabinet du Président de la République : ils doivent commencer à se demander ce qui se passe. Pendant ce temps, Attali interrogera, comme il le souhaite, le commandant Prouteau. Il ira ensuite retrouver Bianco et les autres dans le bureau de Colliard.

A partir de là, jusqu'à lundi, et s'il le faut jusqu'à mercredi, Jean-Louis Bianco assurera la permanence à l'Élysée. Si non seulement le Président mais aussi le secrétaire général était invisible, on se douterait vite de quelque chose. Jacques Attali, lui, qui a toujours été plus mobile, en raison de ses diverses activités extérieures, mènera l'enquête sur le meurtre, en liaison avec Prouteau. Et il suivra les affaires du côté de la direction du P.S., pour tenter de préparer une transition en douceur. Les deux hommes resteront évidemment en relation constante.

« On n'oublie rien ? s'interroge Attali, tout haut.

— Attends, si, ça peut être important comme ça peut ne pas l'être, coupe Bianco. Tout à l'heure, au moment où Prouteau et moi nous étions penchés sur le corps du Président, il nous a semblé qu'une porte du bureau — celle qui communique avec le tien — s'était entrouverte. C'est peut-être seulement une impression, tu sais comme tout craque ici, mais il n'est pas non plus complètement impossible que ce soit l'un de nos amis du P.S. qui ait été attiré par le bruit, et qui nous ait surpris...

— Un de nos amis, ou un garde, ou un huissier ? interrompt Attali.

— Non, ce serait très étonnant. Suivant les instructions

du Président, j'avais donné ordre aux gardes et aux huissiers de rester au rez-de-chaussée, de nous laisser seuls au premier, et de ne nous déranger sous aucun prétexte, sauf si nous les appelions. Ils ne devaient ni venir, ni laisser monter personne sans notre accord exprès, au Président ou à moi.

— Personne non plus ne pouvait monter ?

— Non, personne, normalement. Donc, tu vois, si quelqu'un a vu quelque chose dans ce bureau, ce devrait plutôt être l'un de nos amis. Mais, encore une fois, ce n'est pas sûr du tout. Quand nous avons cru entendre la porte s'ouvrir, ou se refermer, Prouteau s'est précipité, et il n'y avait personne... »

Attali est pensif. Pendant que Jean-Louis Bianco regagne son bureau pour appeler le directeur de cabinet de Jacques Chirac, il va vers le clavier à touches de son téléphone, appelle le commandant Prouteau, lui demande de venir le rejoindre.

Deux minutes plus tard, le préfet Prouteau, ancien commandant de gendarmerie — conseiller technique du Président pour les affaires de sécurité et de terrorisme — est en face de lui.

« C'est terrible, hein, Jacques ?

— Affreux, littéralement affreux. »

Prouteau, œil clair, costume bleu nuit, a toujours son éternel air de cow-boy, ou plutôt son air de gendarme français qui se prend en permanence pour un acteur de Hollywood dans une grande scène de western.

« Où est le corps du Président, je voudrais le voir...

— Désolé, Jacques, mais Jean-Louis et moi on a pensé immédiatement qu'il valait mieux l'enlever d'ici, pour que vous puissiez travailler à la suite des événements, surtout qu'à mon avis y'a pas de doute, c'est un des socialos d'à côté qui a fait le coup...

— Je t'en prie, ne dis pas n'importe quoi, et ne parle pas comme ça... »

Prouteau explique à Attali qu'il a transporté le corps du Président en lieu sûr, et qu'il se tient prêt à le ramener dans le bureau présidentiel dès qu'on lui en donnera l'instruction. Il confirme par ailleurs, très exactement, l'horaire décrit au conseiller spécial par le secrétaire général. Au passage, Attali glane cette précision : Pierre Mauroy a quitté le palais de l'Élysée, par la loge d'honneur, à 21 h 11 — l'heure a été notée par l'un des gardes de service à la loge, conformément au règlement. L'ancien Premier ministre est reparti à pied, par la rue du Faubourg-Saint-Honoré. Le commandant de gendarmerie dit aussi sa conviction à Jacques Attali : il n'y avait personne d'autre au premier étage, les flics de la sécurité et les gardes étaient vigilants au rez-de-chaussée et à toutes les entrées du palais, « compte tenu du fait que c'était une soirée exceptionnelle, avec le Président présent et tout ce gratin du P.S. ». Pour lui, « aussi douloureux que ça paraisse, le coupable doit être “ un de ces messieurs ” »...

« Qu'as-tu fait, depuis ? interroge Attali.

— Pour sûr, je suis pas resté inactif, rétorque l'autre. J'ai fait le tour des bureaux, partout, pour voir si quelqu'un ne serait pas planqué...

— Seul ?

— Bien sûr, seul, avec ma main sur mon colt, rassure-toi... Et puis je voulais me rendre compte si quelqu'un avait entendu quelque chose. Rien du tout, Jacques, rien du tout : tout est calme, personne n'a rien remarqué. Le salopard a dû utiliser une arme munie d'un silencieux...

— C'est quand même insensé, on peut assassiner le Président de la République dans son propre bureau, et personne, dans le meilleur service de sécurité du pays, ne remarque rien...

— Tu charries, Jacques, le Président était uniquement avec ses amis les plus proches. C'est lui qui avait fait demander à tout le monde de se tenir à l'écart... »

Il a raison, se dit Attali, mais tout cela est trop absurde...

« Bon, reprend le conseiller spécial, écoute. On a décidé, Jean-Louis et moi, de ne pas révéler la mort du Président, pour...

— J'avais bien compris, coupe Prouteau, surtout en voyant que votre petite conversation s'éternisait. Remarque, je pense depuis le début que c'est ce qu'il faut faire. Il faut d'abord débusquer ce fumier, ce fils d'ordure qui a tiré sur le patron. D'ailleurs, j'ai déjà pris une ou deux dispositions...

— Quoi ? s'étrangle Attali.

— J'ai fait mettre sur écoute tous les « apparts » et les bureaux de ces messieurs du P.S. Et déjà, depuis tout à l'heure, les lignes directes du premier étage du Palais — d'où ils peuvent téléphoner — sont sur écoute...

— Sur écoute ? Mais comment as-tu... demande Attali ; on peut encore faire ça, même si on n'a plus l'Intérieur ?

— T'en fais pas, j'ai mes combines. T'en fais pas, je te dis — répète-t-il en voyant l'air inquiet de son interlocuteur — personne ne saura d'où est venu l'ordre, et personne ne sait pourquoi...

— Tu as peut-être aussi rappelé le capitaine Barril, tant que tu y étais ? ricane Jacques Attali.

— Charrie pas, je te dis. Si c'est vraiment un de ces

messieurs, je sais pas moi, Rocard ou un autre, qui a monté l'opération, il trahira peut-être quelque chose au téléphone. Et à ce moment-là, tu me remercieras ! »

Attali prend congé de son John Wayne. Ils resteront en contact, heure par heure, en tant que de besoin. Puis, tel un somnambule, il dirige ses pas vers l'ancienne salle de bains de Joséphine, et entre directement dans le bureau de Jean-Claude Colliard, vaste pièce qui fut le bureau de Valéry Giscard d'Estaing, et que Colliard a agrémenté de choix picturaux qui n'ont guère l'heur de plaire au conseiller spécial, pas plus que la collection de pipes sur la table, ni l'odeur de tabac froid qui imprègne les lieux.

L'entrée de Jacques Attali est saluée par Jean-Louis Bianco :

« Tu étais là, Jacques ?

— Oui, bonsoir tout le monde. »

Attali jette un regard circulaire sur la pièce. Jospin et Rocard discutent, comme furtivement, près de la fenêtre. Fabius est assis au bureau de Jean-Claude Colliard, un calepin ouvert à la main, Joxe, debout, est à ses côtés, penché vers lui. A l'entrée d'Attali, ils se sont tous retournés. Est-il seulement possible, se demande-t-il, que l'un d'entre eux soit le meurtrier de François Mitterrand ?

Le conseiller spécial fait la tournée de poignées de main.

« Bon, j'ai vu les gens de la sécurité. Ils ont fini leur tour complet de vérification. Il n'y a rien à craindre. Le boucan qu'ils avaient entendu venait de l'extérieur, côté Marigny — une histoire d'automobilistes éméchés à ce que j'ai compris. Je crois que nos braves flics se sont un peu affolés en faisant évacuer le Président...

— Ils ont fait leur travail, tranche Pierre Joxe.

— Tu as sans doute raison, Pierre, dit Attali d'un ton

conciliant. Toujours est-il que le Président s'est trouvé vanné, brusquement. Il ne se sent pas l'énergie pour revenir de chez lui, maintenant. Il ira à Latche ce week-end, et vous appellera personnellement dans la semaine qui vient, pour vous dire ce qu'il souhaitait vous dire ce soir. Il est vraiment navré de ce contretemps, et vous prie de l'excuser doublement, puisque c'était lui qui vous avait dérangés, à l'origine...

— En effet », remarque Rocard, vite couvert par les voix de Fabius, Joxe et Jospin, qui affirment spontanément que « cela n'est pas grave », que « ça n'est rien » et que « l'essentiel est que le Président se remette vite de sa fatigue ».

« Bien, reprend Attali, bonsoir. Ah au fait, il se peut que j'aie besoin de contacter l'un ou l'autre d'entre vous pendant le week-end. Vous restez tous à Paris ?

— Oui, répondent en chœur Rocard et Jospin.

— Non, je serai en Saône-et-Loire. Mais tu peux m'y appeler, ou alors dimanche soir à Paris à la maison, précise Joxe.

— Moi, je serai entre Paris et la Seine-Maritime, dit Fabius.

— O.K., salut », rétorque Attali, qui tourne les talons, et sort le premier. Il est vite rattrapé dans le couloir par Fabius, qui l'agrippe par la manche.

« Jacques, que se passe-t-il ? Tu nous caches quelque chose ?

— Mais non, Laurent, pourquoi veux-tu ?

— Écoute, je ne suis pas idiot. Je comprends que tu ne puisses rien raconter devant les autres, mais à moi tu peux bien dire ce qu'il y a...

— Mais il n'y a rien de spécial, je t'assure... Vraiment... »

Ils sont rejoints, dans le grand escalier, par leurs camarades, à l'exception de Jean-Louis Bianco, remonté « régler quelques détails » dans son bureau. Jospin s'inquiète :

« Au fait, où est passé Pierre Mauroy ?

— Il est déjà reparti, explique Bianco.

— Il avait vu le Président ? demande Rocard.

— Oui, je crois. Enfin je ne sais pas au juste. Mais j'imagine que oui, puisqu'il est reparti tranquillement... »

22 h 05

Dans la cour du palais présidentiel, échanges de poignées de main et tapes amicales sur l'épaule ponctuent pour notre petit groupe de personnalités leur étrange, et pour certains leur dramatique, soirée à l'Élysée.

CHAPITRE II

Coup d'envoi

Vendredi, 21 h 15

Pierre Mauroy marche d'un pas lent, mesuré, rue du Faubourg-Saint-Honoré, encore tout étourdi par l'audace du geste qu'il vient d'accomplir. Des images multiples se bousculent dans sa pensée. Il va donc, bientôt, affronter l'épreuve la plus difficile et la plus exaltante qui soit imaginable pour un homme politique de ce pays : une campagne présidentielle. Il va parcourir la France et la Navarre, sauter d'avion en hélicoptère, de réunion de militants en meeting de masse. Il va justifier — enfin, complètement — la politique menée entre 1981 et 1984, si scandaleusement renvoyée aux oubliettes par Sa Suffisance Laurent Fabius, le richissime parvenu. « Richissime parvenu » : à peine conçu, le mot l'amuse et l'enchante... Il va, surtout, proposer au pays une politique audacieuse, qui soit réellement socialiste et démocratique, une politique de rigueur et de fraternité. Le projet de « nouvelle citoyenneté » va renaître...

Qui va-t-il affronter ? Chirac bien sûr, et Barre : le matamore et le professeur. Contrairement à ce que prétendent les sondages, le prof sera plus embêtant, en campagne, que le Premier ministre sortant. Léotard sera-t-il candidat ? Ce serait pain bénit... Et puis Lajoinie : avec lui, un pacte de non-agression sera peut-être possible ? Sans compter bien sûr — mais ils ne comptent pas — les Krivine, Laguiller, Le Pen, les écolos...

Faudra-t-il qu'il annonce, pendant la campagne, qui serait son Premier ministre ? L'idée à peine esquissée, Mauroy l'écarte aussitôt : il ne faut surtout pas faire comme Defferre-Mendès en 69. La référence utile est plutôt 1981. Pierre Mauroy se rappelle : il était le coordonnateur et le porte-parole officiel de François Mitterrand pendant la campagne. Mais jamais le candidat ne lui avait dit — en tout cas jamais vraiment — qu'il le désignerait comme Premier ministre. Cette tactique est plus valable que jamais : il ne faudra surtout pas diminuer l'ardeur des principaux animateurs du parti en désignant un chef de file. Michel, Lionel, Jack, Michel — l'autre —, et même Fabius, tous doivent apporter leur concours, comme dans les meilleurs moments des synthèses, dans les congrès socialistes... Rien ne fait si bien agir les hommes politiques que l'ambition — l'ambition légitime, corrige-t-il mentalement — d'exercer une fonction éclatante.

Éclatante au fait, la fonction du Premier ministre ? Pierre Mauroy sourit finement. Reviennent à sa mémoire, pêle-mêle, les bons moments avec Mitterrand mais surtout — tiens... — les moments de douleur et d'incompréhension : la crise du printemps 83, les chevau-légers du château, Fabius et Bérégovoy, lâchés contre lui ; avant cela, l'un de ses amis, rayé de la liste des nominations comme P.-D.G. des nationalisables, d'un trait de crayon non justifié du Président de la République ; et puis cette invraisemblable histoire de l'école privée, où François Mitterrand l'a lancé à la bataille, avec insistance, pour mieux l'abandonner en rase campagne, au milieu des difficultés...

Presque sans y prendre garde, Pierre Mauroy se retrouve dans un bistrot de la Madeleine. Il demande un jeton pour téléphoner. La patronne, qui l'a reconnu, l'appelle « Monsieur le Président » — et Mauroy, qui pense ne pas croire aux présages, en est comme chaviré. Pas de jeton, c'est avec des pièces au sous-sol. Il compose le numéro personnel de son ami, son collaborateur, Thierry Pfister, cela ne répond pas. Il décroche de nouveau, fait le numéro de sa permanence politique, avenue Bosquet. On décroche.

« Allô ?

— Allô...

— C'est toi, Pierre ? Ici Thierry. Ça s'est passé comment ?

— Ah, Thierry, tu es là ?

— Bien sûr, j'attendais des nouvelles. Tu as vu Mitterrand ? Il y a du nouveau ?

— Ne parlons pas au téléphone. Il y a plus que du nouveau. Voyons-nous immédiatement. J'arrive, attends-moi. Pendant ce temps-là...

— Où es-tu ?

— Du côté de la Madeleine, mais je vais venir...

— Tu as dîné ?

— Nous irons plus tard, attends-moi. Pendant que j'arrive, appelle nos amis les plus proches, organise une réunion pour demain...

— Bbbbon... d'accord, le premier cercle ou tout le monde ?

— Disons un petit comité le matin, à 10 heures. On déjeunera ensemble après, et puis convoque les autres pour 15 heures, 15 h 30... Alors... à tout de suite. »

Mauroy revient devant le zinc, il termine sa bière, sans entendre vraiment les mots d'encouragement de la patronne et des deux clients accoudés au bar à ses côtés. S'ils savaient...

Vendredi, 21 h 50

François Bonnemain, l'un des conseillers « médias » de Jacques Chirac, est ravi de ce dîner, improvisé au restaurant « La gauloise », où se dit-il, la chère est décidément aussi sympathique que l'ambiance y est chaleureuse et bon enfant. Petit, tête en triangle prolongée d'un bouc, Bonnemain aurait tout d'un Méphisto s'il n'avait gardé de son métier de journaliste une habitude de tout relativiser, de s'amuser d'un rien et de ne pas prendre les gens et les idéologies trop au sérieux. N'empêche : il s'amuse encore plus depuis un an, depuis qu'il a suivi Jacques Chirac à l'hôtel Matignon — en attendant de retrouver une place dans le média que lui aura choisi le Premier ministre. Il couve son patron du regard qu'ont souvent les conseillers de presse pour leur chef : une admiration sans bornes mâtinée d'un je-ne-sais quoi de condescendance, tant ils ont le sentiment de leur apprendre, quotidiennement, le b-a ba de leur métier d'homme politique.

Pour l'heure, Bonnemain rit de bon cœur, attablé face à Jacques Chirac. Le Premier ministre fait plaisir à voir, tant il dévore à belles dents son gigot-flageolets, tout en narrant à ses amis le dernier bobard qu'il a monté à Lecanuet. Si les journalistes, se dit Bonnemain, pouvaient voir Chirac sous cet angle !

A la même table, les complices du repas partagent la bonne humeur communicative de leur leader : Camille Cabanna, Jacques Toubon, José Frèches, ce dernier malgré tout un peu plus « pincé » (« un peu techno », se dit Bonnemain pour la énième fois).

La serveuse s'est approchée de Jacques Chirac.

« Pardon, monsieur le Premier ministre, on vous demande au téléphone, c'est urgent, c'est monsieur Ulrich... »

« On ne peut pas le laisser seul cinq minutes ! » se plaint Chirac en riant, à l'adresse de ses compagnons de table. Le Premier ministre a déjà jeté sa serviette sur sa chaise, et suivi la serveuse en direction du téléphone.

« Quelle forme il tient ! s'extasie Jacques Toubon.

— Génial ! renchérit José Frèches, qui ajoute : cela dit, si ça ne vous dérange pas, j'aimerais quand même qu'on ne tarde pas trop à parler un peu du nouveau projet de Léo sur la presse. Il faut que je lui fasse parvenir les observations de Matignon d'ici mardi...

— T'en fais pas, ça sera vite réglé », le rassure Toubon.

Il ne s'est pas écoulé cinq minutes, Jacques Chirac est revenu à la table. Il a soudain l'air furibard.

« Je me demande ce que Mitterrand nous mijote encore, dit-il à ses convives. Ulrich vient d'avoir Bianco, Mitterrand annule notre rendez-vous de demain...

— Il se fout du monde, Tonton, profère Toubon. Il a donné une raison ?

— Il paraît que Monsieur est vaguement fatigué, il doit absolument partir à Latche...

— Et là, tu n'es sûrement pas invité ! rigole Toubon.

— Je t'en prie, Jacques, garde tes plaisanteries pour le club de la presse... Sérieusement, je me demande si le vieux mijote quelque chose...

— Mais vous vous êtes vus, aujourd'hui ? demande Cabanna.

— Absolument, et il n'avait pas l'air fatigué du tout, mais alors, pas du tout. Je ne sais pas... Je peux me tromper, mais j'ai vraiment l'impression qu'il doit nous préparer un de ses coups fourrés...

— C'est le projet Pasqua qui ne doit pas passer... hasarde Bonnemain.

— Ouais. En tout cas, il faut qu'on imagine quelle astuce il peut encore sortir de sa boîte à malice, pour être prêt à riposter immédiatement. Ça, c'est fondamental... » tranche Chirac en regardant arriver le plateau de fromages.

Vendredi, 22 h 10

Laurent Fabius a retrouvé chauffeur et voiture rue de l'Élysée. Il s'est installé près du chauffeur, et lui a demandé de rouler vers les Halles, du côté du métro Étienne-Marcel. Il dénoue sa cravate, la retire, la plie précautionneusement et la range dans la boîte à gants.

Il réfléchit rapidement. Ce qui s'est passé ce soir implique une accélération, dans le calendrier politique,

Mais Fabius sait aussi — c'est de François Mitterrand qu'il le tient... — qu'il ne faut jamais précipiter les événements indûment — pas en tout cas tant qu'on n'est pas sûr d'avoir toutes les cartes en mains. Ne rien faire de spécial ce soir, rejoindre les amis, comme prévu. Laisser passer la nuit. Peut-être le week-end...

Le jeune ancien Premier ministre laisse chauffeur et voiture rue Étienne-Marcel (« Soyez de retour dans une heure »), emprunte la voie piétonne, pénètre, rue du Cygne, au restaurant « Le Potager des Halles ». Curieux mélange — agréable, se dit-il — de marchands de fripes à la mode et d'intellos de gauche.

Quelques visages connus au rez-de-chaussée. A une table, près du passage, Fabius s'arrête :

« Salut, Jean-Étienne, ça va ?

— Ça va, et toi ?

— Ça va, ça va... » et déjà Fabius marche, court presque jusqu'à l'escalier qui mène au premier, gagne la table où l'attendent sa femme et deux couples amis. Il embrasse Françoise, puis Fabienne et Béatrice, serre les mains de Jean-Pierre et d'Henri.

« Excusez-moi, vous ne m'avez pas attendu, vous avez commencé j'espère ?

— On vient juste de commander, précise Françoise.

— Comment va Tonton ? demande Henri.

— Oh... rien de bien nouveau, mais je crois que les vraies difficultés ne vont pas tarder à commencer... », répond Laurent Fabius, énigmatique.

Ce seront là les seules allusions politiques de la soirée. De toute façon, Françoise et Béatrice monopolisent la parole, ce qui convient fort bien au député de la Seine-Maritime. On parle peinture, gaffes de Léotard, télévision, Amérique... Fabius est là, bien sûr ; il dit quelques mots, assez justes, sur chaque sujet, il rit de bon cœur aux plaisanteries. Mais il est comme ailleurs, comme distancié. Il repense à ce jeune conseiller d'État qui lui avait dit un jour : « Le plus dur, c'est de dormir, les yeux ouverts, aux audiences, sans que personne s'en aperçoive... »

Ce même vendredi, même heure, boulevard Raspail

Michel Rocard rentre chez lui, ne retrouve plus ses clés, sonne. Michèle, sa femme, lui ouvre la porte. Michel embrasse Michèle, demande des nouvelles des enfants.

« Tu sais bien qu'ils sont en vacances, Michel...

— Oui, bien sûr... Y a à bouffer ?

— Oui, je t'attendais pour dîner... »

Rocard explique qu'il a encore un ou deux coups de fil à donner. Cela ne fait pas plaisir à Michèle. Mais elle est invitée à écouter, cela la concerne aussi, de toute façon il faut qu'ils parlent tous les deux : l'heure est peut-être décisive.

L'ancien chef du P.S.U. appelle successivement trois des membres de son staff, Thiriez son directeur de cabinet, Zémor, son conseiller en communication, et Tony Dreyfus, son avocat et homme de confiance pour des missions confidentielles.

Dans les trois cas, les communications sont brèves. Il confirme la réunion de dimanche et exige qu'on commence à l'heure, à 8 h 30 précises : l'ordre du jour sera sans doute plus chargé que ne le croient les copains. Il faut les prévenir, pas question non plus qu'ils rentrent déjeuner chez eux. Et puis Rocard pose une question inattendue :

« Est-ce qu'on a quelqu'un sur qui on puisse compter, dans la Police parisienne ?

— Attends, oui...

— Ne dis pas de nom au téléphone. Je veux un contact ce soir, ou demain matin, pour un renseignement précis... »

Dreyfus est surpris. A la fois par la nature de la demande — Michel ne s'est jamais intéressé aux questions de police, encore moins à des histoires de simple police parisienne — et par le ton employé. « Je veux », et non pas « j'ai besoin », ou « est-ce que tu peux me dégotter... » Mais l'avocat promet, bien sûr, de trouver...

Attablés devant des surgelés Michel Guérard et une bouteille de bordeaux (appellation contrôlée), Michel et Michèle entament alors une longue conversation. La matière n'en est pas vraiment neuve : il s'agit de la candidature présidentielle de Michel Rocard. Mais elle se présente dans des conditions toutes nouvelles...

A la même heure, rue Servandoni (Paris, V^e^)

Lionel Jospin a trouvé un petit mot de sa femme. Elle est allée au cinéma avec des amis, elle rentrera vers minuit.

Le premier secrétaire du parti socialiste écoute son répondeur téléphonique. Quelques messages d'amis de Mireille. Et puis la fédé du parti, à Toulouse, Delanoé,

Alain Davezac, Jean-Pierre Chevènement. Il note leurs appels sur le carnet spécial, prévu pour cela à côté du répondeur. Pense enfin à retirer son veston, sa cravate. Va jusqu'au frigo, ouvre un placard, semble hésiter, s'ouvre enfin une boîte de cassoulet de Castelnaudary.

Pendant que cela chauffe, il va chercher, sur son bureau, de quoi écrire. Puis, ses feuilles de papier dans la main droite, s'emparant du cassoulet de la main gauche, il passe du coin cuisine au coin salle à manger.

Son repas terminé, il revient à sa table de travail, sachant qu'il doit rédiger l'article promis pour la prochaine livraison de *L'Unité,* à propos du projet « sécuritaire » de Charles Pasqua. Il assemble soigneusement ses feuilles blanches, et rédige d'une écriture régulière le titre de son papier : « Savoir dire non. » Tout à l'heure, après quatre feuillets écrits presque sans ratures, il corrigera ce titre, qui deviendra : « Avoir le courage de dire non. »

Vendredi, 22 h 30, boulevard Saint-Germain

Pierre Joxe s'est fait déposer devant le domicile de son frère Alain. Il a hésité à venir à leur petite fête, il n'a plus vraiment l'esprit à cela, après les deux conversations étrangement instructives qu'il vient d'avoir, au téléphone, à dix minutes d'intervalle, avec un ancien membre de son cabinet du ministère de l'Intérieur. Aucun bruit suspect n'a été signalé ce soir dans les abords de l'Élysée, lui a-t-on affirmé. Alors à quoi donc jouent Bianco et Attali ? Pourquoi ce mensonge ? Il a beau tourner, et retourner le problème dans sa tête, il est bien obligé de se l'avouer : une variable lui échappe, il lui manque un élément du puzzle. Et cela l'agace prodigieusement.

Il se retrouve chez Alain et Cécilia, et au fond se sent content d'être venu. Ces gauchistes barbus, ces latinos, ces sociologues sont tous un peu « barges » ; politiquement, ils ne tiennent pas la route ; mais, il faut bien le reconnaître, ils sont bien sympa. Pierre Joxe fait la connaissance d'un Argentin, conseiller du ministre de l'Économie là-bas. Ils parlent d'Alfonsin, des problèmes de la dette extérieure et puis du tango — Joxe finit par avouer que c'est une de ses musiques préférées. Il en oublie presque l'étrange situation qu'il vient de quitter. Presque...

Le revoici près du téléphone, qui appelle, un peu au hasard de ceux qu'il peut trouver chez eux, Mermaz, Estier, Bichat : que font-ils ce week-end ? Seront-ils joignables ? Non, non, il n'est pas sûr qu'il y ait quelque chose de grave. Mais il peut s'avérer utile de se concerter...

Vendredi, 22 h 30, palais de l'Élysée

Après avoir quitté le petit groupe des dirigeants socialistes, dans la cour d'honneur de l'Élysée, Jacques Attali n'est pas retourné tout de suite dans son bureau. Ses pas l'ont conduit, dans l'aile droite du palais, vers une pièce du rez-de-chaussée. Il y a ouvert un coffre, et contemplé pensivement une série d'épais dossiers.

Depuis mai 1981, il a pris des notes quotidiennes sur la

gestion des affaires de l'État, sur les confidences recueillies à la source, auprès du chef de l'État, sur les réunions auxquelles il a participé — conseils des ministres compris —, sur les sommets internationaux. Ces notes précises et détaillées, mises au propre chaque soir, il les a rédigées avec l'accord exprès du président de la République. Elles sont la mémoire vivante de l'action de François Mitterrand. Dès le premier jour, il a été convenu entre eux qu'elles serviraient « à des fins de publications », et que Jacques Attali serait, le moment venu, l'auteur de livres-bilans exhaustifs sur la présidence socialiste.

C'est le recueil complet de ces notes — des milliers de pages — que le conseiller spécial est venu spontanément compulser. Il va lui falloir, bientôt, renoncer à finir son essai en cours — renoncer aussi, provisoirement, à sa candidature à l'Académie des sciences morales et politiques — pour entamer cette nouvelle œuvre, qui sera aussi une réflexion sur le pouvoir.

Attali se laisse aller, un moment, à ce sentiment mêlé de peine profonde — les autres sont partis, il peut mesurer, vraiment, ce que signifie pour lui, et pour le pays, la disparition brutale de ce chef indispensable — et de responsabilité personnelle : il est en quelque sorte, avec ces notes, le légataire unique du testament politique de François Mitterrand, et le dépositaire de son message à adresser, maintenant, à l'Histoire.

Remonté à son bureau du premier étage, Jacques Attali passe en revue les terribles événements de la soirée. Qui a pu tirer sur le Président ? Il sait pouvoir compter sur Christian Prouteau pour suivre les pistes classiques : la possible irruption d'un fou ; la vengeance personnelle d'un homme — ou d'une femme — qui serait parvenu à se glisser jusqu'à l'étage; l'introduction à l'Élysée d'un commando armé par une puissance, ou une organisation étrangère. Il sait aussi que Prouteau a pris des dispositions pour suivre les faits et gestes des camarades socialistes présents au palais dans la soirée.

Il lui faut, lui, démêler cette piste politique puisque, c'est vrai — il se l'avoue avec tristesse mais lucidité — tous les animateurs du P.S. ont un terrible mobile à un tel crime : leur éventuelle candidature à une élection présidentielle.

Il lui faut commencer par le commencement : Pierre Mauroy est sans doute le dernier — à part l'assassin — à avoir vu François Mitterrand vivant. Il faut donc contacter Pierre Mauroy.

Vendredi, 22 h 40, avenue Bosquet (Paris, VIIe)

Pierre Mauroy et Thierry Pfister sont sur le point de repartir de la permanence centrale du courant « mauroyiste ». Depuis un moment, déjà, Mauroy a raconté en détail à son homme de confiance, son entrevue avec François Mitterrand.

« Comme d'habitude, a raconté l'ancien Premier ministre, il m'a d'abord fait parler. Il m'a interrogé sur le projet Pasqua, et sur ce que je pensais de la situation politique générale. »

Mauroy a donc dit au Président que la majorité de droite franchissait à son avis un point de non-retour, et que la mise en cause de principes républicains concernant la garde à vue troublait profondément l'électorat — et même les députés — de l'U.D.F. Le moment lui paraissait venu de se dresser, au nom de la République, contre des agissements inqualifiables. Le pays, déjà désorienté par l'absence de résultats palpables sur le plan économique et social, vivait un traumatisme tel qu'il était prêt à entendre un langage de défense authentique des grands principes.

« Je sens, mon cher Pierre, avait répondu le président de la République — à partir de ce moment-là, il m'a appelé par mon prénom, insiste le maire de Lille — que nous sommes bien sur la même longueur d'onde. Voilà, je voulais que vous soyiez le premier à en être informé : j'ai décidé de donner ma démission et de provoquer une nouvelle élection présidentielle. »

Ému par l'importance du moment, Pierre Mauroy avait félicité le Président du courage de sa décision. Il avait immédiatement ajouté qu'il mettrait tout son enthousiasme, cela allait de soi, au service d'une vigoureuse campagne présidentielle du Président sortant.

« Non, vous n'y êtes pas, mon cher Pierre, l'avait interrompu François Mitterrand. Dans l'état actuel des choses, je ne pense pas que ma candidature soit souhaitable. »

Mauroy avait essayé de convaincre son prestigieux interlocuteur du contraire. La clarté du combat gauche-droite, l'origine même de la crise, survenant sur un tel thème, faisaient que les seuls candidats légitimes à cette élection étaient à l'évidence François Mitterrand lui-même, et Jacques Chirac. Le conflit était né entre eux, ils étaient les porte-parole des deux options s'affrontant au sommet de l'État, le peuple souhaiterait trancher entre eux. Et entre eux seuls. L'argument était fort, le Président en convenait, mais il fallait considérer aussi le problème de l'âge : il avait plus de soixante-dix ans, il n'était donc guère raisonnable de briguer un second mandat, au terme duquel aucun Président n'était du reste parvenu dans l'histoire de France. Et puis il ne fallait pas s'y tromper : beaucoup d'électeurs centristes avaient aujourd'hui une bonne image de lui comme Président de la cohabitation, mais ils changeraient immédiatement d'avis si le Président redevenait candidat...

« Non, non, mon cher Pierre, croyez-moi, ma candidature ne serait pas, à l'heure actuelle, la meilleure solution...

— Mais alors, monsieur le Président...

— Alors, mon cher Pierre, c'est ce que je voulais vous dire, avec une certaine gravité avant que vous ne m'en empêchiez depuis dix minutes avec vos objections : il va falloir vous préparer...

— Vous voulez dire, monsieur le Président...

— Je crois avoir été assez clair, mon cher Pierre : préparez-vous. Ne me dites rien d'autre maintenant, et quittons-nous, je dois recevoir les amis qui attendent. De toute façon, nous n'allons pas tarder à nous revoir... »

Pfister était resté littéralement assommé par cette divine surprise. Non qu'il ait exclu jusqu'ici une telle décision présidentielle : il l'avait même maintes fois annoncée aux sceptiques de son propre courant. Mais — il s'en rendait compte ce soir — en même temps il n'y croyait pas vraiment, pensant que Mitterrand ne résisterait pas à l'envie de renouer lui-même avec les poisons et les délices du pouvoir. Or voici que le miracle se produisait : la route de l'Élysée s'ouvrait pour Pierre Mauroy...

Assis côte à côte devant la lampe allumée, Pfister seul

prenant des notes sur une feuille de papier grand format, les deux hommes avaient amorcé leur plan de bataille pour les jours à venir, et d'abord pour celle de demain, où ils retrouveraient leurs amis les plus proches.

A cette heure-ci, ils en ont pratiquement terminé — de toute façon, il n'y a pas le feu, le coup d'envoi officiel de la période appartiendra à François Mitterrand, lorsqu'il fera sa déclaration au pays — quand, incongrue, la sonnerie du téléphone retentit dans la nuit ouatée. Ils sont d'abord tentés de ne pas répondre, mais Pfister se rappelle qu'il n'a pu joindre Christian Pierret tout à l'heure, et lui a laissé un message : c'est sans doute lui qui rappelle.

« Allô, oui ?... Ah c'est toi ! Bonsoir, c'est Pfister... Euh, oui. Il est encore là, ne quitte pas, je te le passe... »

Pfister appelle Mauroy : c'est Attali au bout du fil.

Pierre Mauroy, étonné, écoute les explications — un peu embarrassées, lui semble-t-il — de Jacques Attali. Le conseiller du Président veut être sûr de ne pas faire d'erreur, lui explique-t-il : François Mitterrand s'est senti, tout de suite après le départ de Pierre Mauroy, pris d'un accès de fatigue, d'autant qu'il y a eu à l'Élysée une alerte à la suite d'un incident survenu à l'extérieur. Le Président a décidé de remettre à plus tard ses autres entretiens et de partir pour le week-end ; il a demandé à Attali de voir, dans l'intervalle, les autres interlocuteurs prévus à son programme. Pour ne pas commettre d'impair avec eux, Attali souhaiterait connaître l'état d'esprit du Président, il se permet d'appeler Mauroy pour savoir dans quelles dispositions il l'a trouvé, et éventuellement s'il lui a dit des choses précises.

« Écoute, mon cher Jacques, je ne sais pas si je peux...

— Tu peux parler, je t'appelle d'une ligne du standard.

— Oh, je ne pensais pas à cela, reprend l'ancien Premier ministre. Mais ce que le Président m'a dit était très personnel, et même à toi, je ne pense pas que...

— Non, non, je comprends, je te mets à l'aise, je ne voulais pas te faire parler de choses personnelles. Mais comme je savais que l'idée de départ du Président était de te parler de l'élection présidentielle, je me demandais seulement s'il avait eu le temps d'aborder ce sujet...

— Ah ? Tu étais au courant... »

Et Pierre Mauroy résume pour Jacques Attali, comme il vient de le faire pour Thierry Pfister, les temps forts de son entretien avec le président de la République. Il ne peut s'empêcher de frémir, et sa voix tremble un peu, lorsqu'il répète les mots magiques : « Préparez-vous... »

La communication achevée, Pierre Mauroy fait face à un regard emprunt d'amical reproche de la part de Thierry Pfister, qui a suivi sa conversation avec Attali.

« Tu as peut-être eu tort de le lui dire. Tu sais qu'au fond il ne nous aime pas, on ne sait jamais quels bâtons il peut essayer de nous mettre dans les roues...

— Tu exagères toujours les problèmes dès qu'il s'agit des relations avec les mitterrandistes, quoi... », réplique son patron, en ramenant soigneusement sur son front sa mèche rebelle de cheveux blancs, qui paraissent presque bleutés dans le faisceau de lumière. « Tiens, se dit machinalement Pfister, il faudra surveiller que Pierre n'ait pas de gestes trop précieux, à la télé, pendant la campagne... »

Les deux amis quittent leur permanence. Pierre Mauroy se demande si Thierry n'a pas un peu raison : dans certaines circonstances, il convient, c'est vrai, d'en dire le moins possible...

Vendredi, 23 heures, rue du Docteur-Blanche

Jacques Attali est rentré chez lui. Élisabeth ne s'est pas réveillée. Enquêteur improvisé, il pèse et soupèse tous les éléments de la situation.

Ce que vient de lui révéler Pierre Mauroy est important, mais difficile à interpréter. La formule de François Mitterrand — « préparez-vous » — ne l'étonne pas outre mesure. Il sait la tendresse — exagérée — que le Président a toujours eue pour le maire de Lille. Il est normal qu'en période de tempête François Mitterrand ait songé, à nouveau, à s'appuyer sur Mauroy. Au demeurant, les autres formules présidentielles qu'on vient de lui rapporter — « à l'heure actuelle », « dans ces circonstances » — montrent que, même si Mauroy ne l'a bien sûr pas perçu, le Président se gardait la possibilité de changer d'avis, et de se lancer lui-même dans la bagarre. Mais l'important, c'est évidemment ce que Mauroy a compris : l'ancien Premier ministre pense avoir reçu ce soir l'onction présidentielle pour sa candidature. Cela le raye, en tout cas, de la liste des suspects.

Oui, mais... Si par malheur c'est Mauroy qui a appuyé sur la détente, ou s'il a vu tuer le Président sous ses yeux, n'a-t-il pas intérêt — sachant que plus personne ne pourra le démentir — à prêter à François Mitterrand de tels propos ? Mauroy serait ainsi candidat avec le soutien posthume du président-martyr. Et puis, son dialogue téléphonique avec Pierre Mauroy lui laisse une curieuse, et inexplicable, sensation d'insatisfaction. Attali a l'impression que l'autre ne lui a pas tout dit... Non, décidément, on ne peut pas exclure l'hypothèse Mauroy... Aucune autre non plus, malheureusement...

L'enquête va être terriblement compliquée, se dit-il — surtout en si peu de temps. « Je dois poser des questions à propos d'un meurtre, mais sans pouvoir dire à aucun moment qu'il y a eu meurtre, sans même pouvoir laisser entendre que quelque chose de grave s'est passé... »

Oubliant un moment l'assassinat, Jacques Attali repense à François Mitterrand, à la qualité exceptionnelle de la relation qu'il a eue avec cet homme. Mille souvenirs reviennent à la surface de sa mémoire. Paris, Tokyo, Latche, La Haye, Moscou, Bangui composent un fascinant ballet de souvenirs, qui nouent la gorge du conseiller spécial.

Attali nettoie ses lunettes, qu'il regarde, livide, d'un air absent. Au moins, se dit-il, on ne pourra pas dire de moi que j'ai profité du pouvoir. J'ai toujours le même appartement, je ne me suis pas enrichi, et moi je n'ai pas demandé la faveur d'une nomination à je ne sais quel tour extérieur, je ne suis toujours que maître des requêtes au Conseil d'État, comme avant le 10 mai 1981. Au train où vont les choses, je ne serai pas conseiller d'État avant une bonne dizaine d'années...

CHAPITRE III

Coup de Jarnac

Samedi, 10 heures, avenue Bosquet

Autour de Pierre Mauroy, sont réunis ceux de ses amis sur lesquels Pfister a pu mettre le grappin depuis hier soir. Ils sont là, une petite dizaine — deux ou trois autres arriveront dans la matinée — tous persuadés que le moment est d'importance pour avoir été convoqués de manière aussi inhabituelle.

De fait, leur leader leur explique tout de suite la situation, en ponctuant comme toujours de « quoi » chaque phrase de son discours :

« Les renseignements dont je dispose, notamment, quoi, après un entretien avec le Président de la République, me permettent de penser que François Mitterrand va annoncer sa démission de ses fonctions, et qu'il ne se représentera pas. Je crois pouvoir dire, quoi, qu'il soutiendra officiellement ma propre candidature à la Présidence de la République. »

Le climat est créé. Pour une fois, les invités se disent qu'ils ne se sont pas dérangés pour rien. Mauroy leur explique que la discussion se prolongera, l'après-midi, au siège de la F.M.V.J. (Fédération mondiale des villes jumelées), par une réunion avec les camarades venus de province. Le premier point à l'ordre du jour de la matinée consiste donc à décider de ce qu'on va dire (et ne pas dire) aux « camarades des fédés ».

Après un échange d'arguments assez peu clairs entre Pierre Mauroy, Michel Delebarre, Jean Le Garrec et Christian Pierret — les autres participants se demandent pourquoi ils prennent tous quatre la parole, puisqu'ils sont tous d'accord — il est décidé de ne pas faire mention l'après-midi de la rencontre Mauroy-Mitterrand. On dira que « d'après l'analyse que nous faisons de la situation », la démission imminente du Président et sa décision de ne pas se représenter apparaissent comme « l'hypothèse la plus plausible ». Et en fonction de cette hypothèse, on demandera aux camarades d'organiser le soutien logistique de la candidature Mauroy — c'est-à-dire qu'on leur demandera d'approuver les décisions d'organisation qui auront en fait été prises dans la matinée.

Les membres du petit groupe s'interrogent ensuite sur les choses qu'il faudra faire en priorité pour lancer la candidature et la campagne du maire de Lille.

Il faudra bien sûr un texte, solennel, de déclaration de candidature. Quelque chose qui soit clairement orienté à gauche, cela ne trompera pas, d'après le vocabulaire employé, mais qui ne fasse surtout aucune promesse aux électeurs. Thierry Pfister est chargé de rédiger un projet dans ce sens.

Il faudra un programme. Avec deux versions, l'une brève pour le grand public, l'autre détaillée pour les spécialistes. Là il faudra faire attention — c'est Michel Delebarre qui enfonce de nouveau le clou — ou n'annoncera aucun engagement précis du candidat : les socialistes qui gagnent sont, comme en Espagne, ceux qui n'ont pas de programme. Mais, comme on est en France, il faudra rédiger un texte aussi technique, et même aussi « techno » que possible. C'est une contradiction compliquée, mais il est indispensable d'y parvenir. Michel Delebarre et Christian Pierret, qui s'est fait pardonner une brève escapade chez Fabius, sont chargés de l'élaboration de ce programme. Grâce à leurs anciennes fonctions, l'un de ministre du Travail, l'autre de rapporteur général du budget à l'Assemblée nationale, ils ont à la fois l'habitude du maniement de ces choses et les contacts nécessaires avec les milieux de la fonction publique susceptibles de « gratter » sur les aspects techniques. Au passage, Alain Savary insiste pour qu'on fasse de l'éducation nationale l'une des priorités du candidat. Pierre Mauroy abonde dans ce sens : en ces périodes troublées, les parents sont d'abord angoissés par tout ce qui concerne l'avenir de leurs enfants, fait-il remarquer.

Il faudra une organisation, des locaux, un encadrement, des initiatives. On convient de remettre cette discussion à l'après-midi, mais on charge Jean Le Garrec de la coordination dans ce domaine, auquel ses passages par I.B.M. et par le P.S.U. le destinent à l'évidence.

Il faudra une cellule de préparation de la convention nationale extraordinaire du P.S., qui désignera officiellement le candidat du parti. Là, on ne peut s'en rapporter qu'à Raminagrobis ; autrement dit, c'est Roger Fajardie qui en sera le maître d'œuvre.

« Fajar » a tout de l'évêque des gravures anticléricales, il est pachydermique et onctueux. Cette apparence cache, il est vrai, une grande finesse d'analyse et une vraie culture. Mais il est avant tout le roi de la « magouille », le gâte-sauce parfait de la cuisine à tous les niveaux des appareils socialistes, locaux, départementaux et nationaux.

C'est qu'on ne peut pas faire comme si la désignation de Pierre Mauroy comme candidat socialiste allait de soi. A vrai dire, les protagonistes de la réunion ne sont pas tous d'accord à cet égard. Pour les uns — Le Garrec, Jérôme Clément, Savary — c'est au Président de parler et d'imposer sa loi : elle sera automatiquement celle du parti socialiste. Pour d'autres, rien ne doit être considéré comme joué. Même si l'engagement de François Mitterrand aux côtés de Pierre Mauroy est sans équivoque — certains paraissent encore un peu sceptiques sur ce point — on peut penser que Michel Rocard sera malgré tout candidat. Et il ne faut pas exclure que Laurent Fabius, la bête noire de tous les présents, essaye de placer des chausse-trappes. Il faut donc, insistent-ils, préparer la convention comme si elle était totalement ouverte. Quitte à ce que les efforts de préparation aient été faits pour rien, si tout se passe facilement et en douceur.

Comment neutraliser Rocard ? Comment contrecarrer les possibles manœuvres de Fabius ? Le CERES — personne ne sait plus au juste comment il s'appelle maintenant, « République moderne » ou « Socialisme et République » — pèse-t-il encore dans le parti ? Il faudra faire le point du sentiment des fédés sur tout cela, cet après-midi. Mais, trois nécessités s'imposent, au fil de la discussion : « tester » directement Jospin — c'est quand même le premier secrétaire du parti — Rocard et Chevènement. Décision est donc prise d'organiser immédiatement des rencontres discrètes entre Mauroy, éventuellement accompagné de Delebarre, et chacune de ces trois personnalités.

L'heure du déjeuner approche, et le temps presse pour aborder d'autres questions, fondamentales pourtant. Celle de la riposte à Fabius en termes d'image de marque, d'abord. Fabius a su se donner une image de modernité. Il faut lui couper l'herbe sous les pieds, en rassemblant rapidement derrière Mauroy les forces et les personnes les plus « modernes » de France aux yeux de l'opinion, et d'abord des jeunes. Jérôme Clément se chargera des contacts avec les noms qui comptent dans le secteur culturel. Françoise Gaspard ira à la pêche dans les milieux de l'antiracisme et du mouvement associatif. On demandera au petit Didier Willot, qui n'est pas là, un rapport permanent sur les sondages, pour mesurer où en est la cote de Pierre Mauroy dans toutes les catégories de la population.

Faute de temps, la discussion dans le détail sur l'établissement des contacts avec les autres forces politiques est remise à plus tard : le P.C. bien sûr ; certaines fractions de l'U.D.F. — « un gars comme Stasi est au fond plus proche de nous que de Chirac, et il va falloir faire le forcing auprès de lui et des types dans son genre », fait remarquer Pierret — et puis les écolos, le P.S.U. — « Ça existe toujours ? », demande Pfister.

Reste le problème du nerf de la guerre. Jean Deflassieux — nommé par Pierre Mauroy à la tête du Crédit Lyonnais et Robert Pontillon, qui n'ont jusque-là pratiquement pas ouvert la bouche, sont chargés de réfléchir aux moyens de faire rentrer de l'argent et d'activer les contacts avec les milieux financiers et « friqués ».

L'euphorie règne à la fin de la réunion : chacun a le

sentiment qu'une grande aventure est en train de s'enclencher. On ne va pas s'ennuyer les prochaines semaines... Il est 13 h 30, plus que temps d'aller déjeuner, puisque les camarades de province sont convoqués pour 15 heures, et qu'il faudra aller les rejoindre dans le XIIe arrondissement.

Une secrétaire tire Mauroy par la manche au moment où il va passer la porte. Elle a un message, inscrit sur le petit bout de papier qu'elle lui tend : « Appeler Michel Rocard chez lui à l'heure du déjeuner. »

« Ah bon, quand a-t-il téléphoné ?

— Il y a une heure à peu près. J'ai dit que l'on ne pouvait pas te déranger, que tu étais en réunion...

— Non, quoi... Il aurait fallu m'appeler. Bon, ça ne fait rien, quoi, je vais appeler tout de suite. »

Samedi, 11 heures, palais de l'Élysée

Christian Prouteau et Jacques Attali font le point. L'enquête de routine de Prouteau dans l'Élysée n'a strictement rien donné. Aucune entrée suspecte, aucune sortie discrète, rien à signaler. La garde du Palais ne paraît pas avoir quoi que ce soit à se reprocher. Tout le monde était à son poste. L'hypothèse de l'inconnu infiltré de l'extérieur paraît décidément intenable au préfet Prouteau. Surtout, il apporte un nouvel argument de poids et que Jacques Attali trouve accablant, dès qu'il l'entend, pour les amis du P.S. :

« L'examen que j'ai pu faire du corps est formel,

explique l'ancien commandant de gendarmerie. Le Président a été tué de près — pas exactement à bout portant, mais disons à un mètre cinquante environ, de face, par une arme de petit calibre — pas du tout par une arme de professionnel. Et le visage du Président était plus qu'aimable : souriant...

— Ça veut dire, d'après toi...

— Ça veut dire clairement, d'après moi, qu'il connaissait son assassin, et qu'il n'avait aucune raison de se méfier de lui, au contraire... »

Attali repense à son entretien avec Mauroy, à ce vague sentiment qu'il a eu que son interlocuteur lui cachait quelque chose. En un instant, il repense aussi aux quatre autres, dans le bureau de Colliard hier soir : Fabius, Jospin, Joxe, Rocard. Tout cela est un vrai cauchemar...

Prouteau reprend le fil de ses découvertes. Les écoutes téléphoniques n'ont pas donné grand-chose. Tout de même, il a apporté la dactylographie de trois conversations, concernant respectivement Rocard, Joxe et Fabius. Le document Rocard consiste dans sa conversation avec l'avocat Tony Dreyfus. Prouteau y a souligné la demande concernant un connaisseur de la police parisienne. Étrange en effet, mais Attali ne voit pas bien le rapport avec le meurtre du Président.

« Moi non plus, confesse Prouteau. Mais reconnais que c'est quand même bizarre qu'il sorte d'ici, se précipite chez lui et demande à rencontrer quelqu'un de la maison Poulaga...

— Oui, reconnaît Attali. C'est bizarre, mais je ne vois pas non plus très bien un type commettre un assassinat et se précipiter pour aller appeler la police...

— Exact. En tout cas, ça m'a paru bizarre... »

Le document Fabius a été enregistré au cours d'une conversation enregistrée depuis l'Elysée sur une ligne directe du premier étage, alors que l'ancien Premier ministre attendait encore, hier soir. En voici la transcription :

« *Allô, bonsoir, pourrais-je parler à Françoise...*

— *Allô, c'est toi, Laurent? Ici Fabienne, ta douce épouse n'est pas arrivée, mais...*

— *Ah, Fabienne! je ne reconnaissais pas ta voix. Écoute, je t'appelle parce que je ne sais pas à quelle heure je vais pouvoir vous rejoindre ce soir. Je suis à l'Élysée, et je crois que je me suis mis dans un mauvais coup...*

— *De toute façon, on a décidé de manger au restaurant. Si ça te va, on comptait aller au « Potager des Halles ». Tu sais...*

— *Oui, je connais. Bon écoute, allez-y et j'essaie de vous y rejoindre. Mais je ne sais pas très bien quand j'arriverai...*

— *O.K., à tout à l'heure, je t'embrasse.*

— *Moi aussi, bonsoir.* »

« Et alors, demande Attali, je ne vois pas...

— Ben simplement, tu as vu la formule qu'il emploie, là encore ça m'a paru bizarre. Il dit « je me suis mis dans un mauvais coup ». Pour un type qui attend tranquillement d'être reçu par le Président de la République, ça fait désordre, non? Il ne dit même pas qu'il est dans un mauvais coup, il dit qu'il s'y est mis...

— Ouais, fait Attali, visiblement à moitié convaincu. Il veut peut-être simplement dire qu'il risque d'être bloqué à l'Élysée, et qu'il ne pourra en sortir que très tard...

— Concernant Fabius, ajoute le gendarme-préfet, je dois encore préciser que, plus tard au restau, avec ses copains — j'ai bien sûr la liste de tous les noms si tu veux

— il était tout à fait gai. Et il a eu ce mot, rapporté par un de mes gars : « *Je crois que c'est maintenant que ça va démarrer.* » Alors, il s'est mis dans un mauvais coup, ça va démarrer, je reconnais que c'est maigre comme indices, mais je te donne ce que j'ai... »

Le document Joxe est encore beaucoup plus elliptique. Joxe appelle un des anciens membres de son cabinet du ministère de l'Intérieur, sur sa ligne directe, lui demande de ne pas quitter son bureau, et le prévient qu'il le rappellera, dans un moment, depuis une cabine, en passant par le standard du ministère. Point final. Le lien avec le meurtre paraît pour le moins ténu. Prouteau le reconnaît volontiers, mais constate que c'étaient là les seules conversations qui sortaient un peu de l'ordinaire. De toute façon, se dit Attali, on voit à la rigueur, en poussant les analyses jusqu'à la folie, quel pourrait être le mobile de Mauroy, de Fabius, de Rocard ou de Jospin : la soif d'être candidat à l'élection présidentielle. Mais Joxe ? On ne voit pas Joxe, mitterrandiste parmi les mitterrandistes s'il en fut jamais, braquer une arme sur son grand homme !

Un court instant, l'agilité d'esprit de Jacques Attali abandonne la préoccupation de l'enquêteur pour regagner celle du responsable. Il demande tout haut au commandant Prouteau :

« Et Danièle ? Qu'avez-vous dit à Danièle Mitterrand ?

— Je... Je ne sais pas, bredouille Prouteau. Moi, je ne m'en suis pas occupé... »

Attali décroche vivement son téléphone, appelle Bianco dans le bureau à côté, lui repose la question.

« Mais Jacques, répond Bianco, tu sais que Danièle est

en Amérique latine avec Roger Hanin ; elle ne doit rentrer, normalement, que vendredi...

— Ah oui, c'est vrai, excuse-moi. »

Attali raccroche et revient à son échange d'informations avec Prouteau. Le spécialiste de la sécurité n'a plus grand-chose à lui apprendre. Il a encore apporté la feuille décrivant l'emploi du temps du Président pour sa journée d'hier. Les deux conseillers l'examinent en silence.

Audiences de M. le Président de la République
Vendredi

10 heures	*M. Charles Hernu*
11 heures	*M. André Rousselet*
11 h 45	*M. Jean-Bernard Raimond, ministre des Affaires étrangères*
13 heures	*Déjeuner privé*
15 h 30	*M. Robert Badinter, président du Conseil constitutionnel*
17 heures	*M. Roger Quilliot*
17 h 30	*M. Claude Estier*
18 heures	*Mme Michèle Cotta*

Après quelques secondes de réflexion, Christian Prouteau et Jacques Attali commentent la liste qu'ils ont sous les yeux. Rien de bien étonnant, pensent-ils. Raimond, c'est habituel, ça fait partie du rituel de la cohabitation. Et puis il y a ceux que le Président voit de temps en temps, des fidèles, Hernu, Rousselet, Badinter, Quilliot, Estier, Michèle Cotta. Pour certains, il y avait d'ailleurs une raison conjoncturelle précise. Badinter : pour parler des contentieux en cours au Conseil, et puis sans doute des présidentielles anticipées. Quilliot : pour accepter de faire la préface de son prochain livre sur *Camus et l'humanisme aujourd'hui.* Estier : pour parler du groupe sénatorial socialiste. Hernu : pour entretenir la flamme, surtout en période de présidentielle. Reste le « déjeuner privé ».

« C'est quoi, le déjeuner privé ? demande Attali.

— Tu penses bien que j'ai vérifié. Ça se passait dans un bon resto du seizième, chez Faugeron...

— Oui, je connais, répond machinalement Attali, c'est littéralement succulent, j'y suis allé il n'y a pas longtemps...

— Eh bien, je ne sais pas si tu étais au courant, toi ; en tout cas moi pas. Le Président avait l'habitude de se faire inviter, une fois par trimestre, à déjeuner par deux copines à lui, deux romancières, Marie Lama et Nicole Puiseux. Elles choisissent chaque fois un bon resto. C'est fait dans les règles, elles préviennent la sécurité avant, et tout...

— Deux copines ! répète Attali dissimulant mal un sourire. Je ne savais pas le coup du restaurant mais je les connais bien toutes les deux. Je sais qu'elles sont restées très fidèles au Président...

— Bon, à tout hasard, je fais vérifier de ce côté-là...

— Si tu veux, mais je suis sûr que là tu perds ton temps. »

Prouteau ayant sorti de son escarcelle son maigre butin, quitte Attali pour se remettre en chasse. Le conseiller spécial, au fond de plus en plus convaincu que la piste le mènera à l'un de ses amis, se sent abattu. Il décide de vérifier quand même quelques autres hypothèses, avec toujours cette difficulté de devoir poser des questions à des gens, sans pouvoir leur dire pourquoi on les leur pose. Il va, cette fois-ci, se réfugier derrière « une enquête personnelle et confidentielle à propos d'un possible projet d'attentat contre le Président de la République ». Décidé à ne pas éliminer complètement la piste terroriste, il appelle successivement un journaliste américain ami, l'ambassadeur d'Israël à Paris, un ami dirigeant d'une société pétrolière à Casablanca, puis Régis Debray, enfin un ancien journaliste reconverti depuis peu dans l'informatique.

Aucun n'a entendu parler de rien. Régis Debray envisage toutefois une piste iranienne. Ils vont se renseigner. Discrètement.

Samedi, 11 h 30, hôtel de ville de Paris, bureau du maire

Ils sont cinq dans le superbe bureau tout en dorures du maire de Paris : Jacques Chirac bien sûr, et puis le ministre de l'Économie et des Finances, Édouard Balladur, le secrétaire général du R.P.R. Jacques Toubon, le sénateur Roger Romani et l'éternel Denis Baudoin, député européen, responsable de la communication, et de quelques autres menues tâches politiques auprès du Premier ministre.

« J'ai voulu qu'on fasse un petit *Kriegspiel,* explique « le maire » — comme tout le monde l'appelle encore dans ce bâtiment — parce que je crois que les choses vont s'accélérer. Mitterrand a fait annuler son rendez-vous avec moi ce matin, et, d'après les renseignements que nous venons d'avoir, il a réuni hier soir à l'Élysée un véritable conseil de guerre du P.S. Ma conviction, c'est qu'on arrive au bout de la cohabitation, et que Tonton va tout casser sur le projet de loi Pasqua. »

Les cinq conviennent d'abord, sans discordance entre eux, qu'il faut faire montre de la plus grande sérénité. C'est Mitterrand qui doit, aux yeux de l'opinion, jouer le rôle du méchant. Après tout, les Français ont adoré la cohabitation, « il ne faut pas leur donner l'impression que nous cassons leur jouet ». C'est Mitterrand qui, délaissant définitivement son rôle d'arbitre, est redevenu le Mitterrand militant, hargneux, pressé d'en découdre. On pourrait peut-être même imaginer, avant même que Mitterrand ne se découvre, que Jacques Chirac lui fasse un coup de Jarnac : une déclaration super-apaisante, super-cohabitante, pour que tout le monde soit un peu plus choqué si le Président jouait la rupture dans les jours qui viennent. Quand, cette déclaration ? Ce week-end, peut-être aujourd'hui ? La question est réservée : ils décideront à la fin de leur réunion, quand ils auront examiné tous les paramètres de la situation.

Toujours d'accord, les cinq se réjouissent — Balladur est tout de même un peu moins enthousiaste sur ce point — à l'idée que Mitterrand casse sur un texte qui concerne la sécurité. Les Français sont massivement attachés à la notion de sécurité, et Tonton aura du mal à les prendre à rebrousse-poil sur ce terrain. Balladur fait tout de même remarquer que les électeurs centristes, d'après les derniers sondages, se sont montrés divisés sur les initiatives de Pasqua, et qu'il y a là un petit risque, dans la perspective d'une campagne présidentielle où « les socialistes feront tout pour nous marquer à droite ». Baudoin apporte avec des chiffres de la SOFRES, un peu d'eau à ce moulin.

Mais au total, tous conviennent qu'en définitive, quitte à ce que la crise éclate, il vaut mieux ce prétexte, plutôt que l'économie, ou la politique étrangère.

Reste à envisager le dispositif de mise en place rapide d'une candidature présidentielle de Jacques Chirac. Sur ce point, Toubon, Romani et Baudoin sont tranquilles. « Tout est prêt, Jacques. » L'organisation, les finances, la composition d'un comité national de soutien, les affiches, les spots : le Premier ministre ne doit avoir aucune crainte : « Même si ça part plus tôt que prévu, puisqu'on avait misé plutôt sur un lancement dans quelques mois, on est prêt à foncer », conclut Toubon.

A vrai dire, les seuls problèmes non réglés se posent du côté de la majorité. Quelqu'un qui pourrait observer, au même moment, la discussion autour de Pierre Mauroy, serait frappé par une véritable symétrie entre les deux réunions : dans les deux cas, on suppute moins les risques pouvant survenir de l'adversaire que ceux qui menacent du côté des « amis ». En l'occurrence, chez le maire de Paris, on cogite sur Giscard, Barre, Léotard, tandis que chez le maire de Lille on évoque Rocard, Jospin, Chevènement.

Barre sera candidat, cela ne fait aucun doute. L'avantage de la situation, pense-t-on dans le bureau de l'Hôtel de Ville, c'est que, si la rupture de la cohabitation survient sur un problème de gouvernement, comme précisément le projet de loi sur la sécurité, le seul candidat légitime à droite pour appeler le peuple à trancher en faveur de la position gouvernementale, ça sera bel et bien le Premier ministre ! « Le gros Raymond, lui, va partir " hors jeu " », fait remarquer Jacques Chirac. Et du reste, ajoutent ses collaborateurs, il aura beaucoup de mal à avoir une position « centriste » sur les problèmes de sécurité. « Ou il donne dans l'humanisme bêlant, et il est moins convaincant que la gauche, ou il fait dans la défense républicaine de l'ordre menacé, et il vient ostensiblement sur nos plates-bandes », tranche Romani.

« Le plus urgent, coupe Balladur, est de s'assurer que Léo sera candidat. » Une candidature présidentielle confirmée de la part de François Léotard — confirmée, dans la mesure où il l'a déjà annoncée cent fois — est le suprême espoir et la suprême pensée de notre petit groupe de stratèges : c'est que « Léo », bien sûr, prendrait des voix décisives à Barre, « qui sait, il pourrait peut-être même arriver devant Barre ! », fait remarquer Chirac — assurant, dans un fauteuil, la présence du président du R.P.R. au second tour de scrutin.

« C'est marrant, observe Jacques Chirac, on va refaire le coup des 43 à l'envers ! — allusion à l'appui qu'il avait donné lui-même, suivi par des députés gaullistes, en 1974, à Valéry Giscard d'Estaing contre Jacques Chaban-Delmas.

— Sauf que là, corrige Toubon, tu ne lui diras pas à l'avance que tu le prendras comme Premier ministre !

— Ça, reprend Chirac, je ne sais pas. Il va quand même demander des garanties...

— Tu peux lui en offrir, mais de là à lui dire clairement que tu le mettrais à Matignon...

— Et puis, ajoute Balladur, il y a tout de même la question de savoir s'il a les compétences nécessaires pour être Premier ministre... »

Un silence assourdissant envahit la grande pièce ensoleillée. De toute façon, conclut-on provisoirement, ce n'est pas le problème immédiat du moment, même si, peut-être, il pourrait s'avérer utile que Jacques Chirac rencontre rapidement François Léotard pour faire le point et le sonder...

Une différence frappe tout de même avec la réunion Mauroy : c'est qu'ici, on n'est pas absolument sûr de l'identité de l'adversaire. Pour Balladur, Toubon et Romani, pas de doute : ce sera Mitterrand, et s'il brusque les choses, c'est bien pour se représenter lui-même. Mais leur patron les étonne beaucoup lorsqu'il affirme posément :

« Écoutez, je ne peux pas vous en dire plus. Mais moi, j'ai l'absolue conviction qu'il ne se représentera pas. »

Le regard du maire de Paris, sa manière de se cambrer en arrière, sont éloquents : il ne dira pas d'où il tire cette conviction. De toute manière, voilà bien la seule variable — ils en conviennent aisément — sur laquelle ils ne puissent agir. Le tout est d'être prêt, quel que soit le candidat socialiste — et évidemment, ce serait encore mieux si Rocard maintenait sa candidature contre Mitterrand, ou contre Fabius !

— Si l'on revenait plutôt à la déclaration du Premier ministre ? », propose Denis Baudoin.

Le tour de table est, cette fois, concluant. Le mieux est de parler, aujourd'hui même. D'autant, fait remarquer Baudoin, qu'il n'y a pas d'événement politique marquant programmé pour le week-end. Radios et télés dimanche, journaux lundi seront contents d'avoir la déclaration de Jacques Chirac à se mettre sous la dent, et lui accorderont une place d'autant plus importante. Sous quelle forme faire cette déclaration ? Radio, télé ? Mais il faudrait choisir une chaîne, ou une station, et ce serait dommage pour une bonne « reprise » sur les autres. Par ailleurs on imagine mal une convocation de l'ensemble de la presse audiovisuelle pour dire qu'on adore la cohabitation !

A la suggestion du Premier ministre lui-même, on opte finalement pour une interview-confidence à l'A.F.P., que Baudoin organisera pour 18 heures, de sorte que les téléscripteurs l'impriment à temps pour les exégèses des journaux télévisés de 20 heures. Baudoin aura aussi le temps, dans ces conditions de « briefer » les chefs des services politiques des chaînes de télé avant leur J.T. On décide qu'aucun dirigeant du R.P.R. n'acceptera de commenter ce soir, en plateau, la déclaration de Jacques Chirac. En revanche, Toubon pourrait se faire inviter, demain à 13 heures, sur Antenne 2, pour paraphraser le texte.

Quant à la déclaration elle-même, Jacques Toubon appellera Juppé immédiatement pour la mettre au point. On se retrouvera dans le même bureau, à 17 heures, pour en établir la version finale.

Le petit groupe se sépare. Jacques Chirac appelle son adjoint, Jean Tibéri, par le téléphone intérieur.

« On déjeune toujours ensemble ?

— Je suis prêt, bien sûr, on y va. »

Le maire en titre de Paris et celui qui exerce l'essentiel de la fonction depuis que son patron est à Matignon, montent à l'arrière de la voiture qui les attend. Parvenus devant le domicile de Jean Tibéri, place du Panthéon, le maire-adjoint déride Jacques Chirac en lui confiant que les deux gardiens de la paix en fonction devant chez lui sont les mêmes qui montaient la garde, auparavant, devant chez son voisin Laurent Fabius du temps où il était Premier ministre...

Samedi, 11 h 30, quai de l'Horloge

A quelques dizaines de mètres de la réunion chiraquienne, les invités de Pierre Joxe ont rejoint leur hôte dans son très bel appartement, très bourgeois, magnifiquement situé, la Seine d'un côté, la place Dauphine de l'autre. Pierre Joxe est assis sur un canapé, avec l'ancien Président de l'Assemblée nationale Louis Mermaz, mitterrandiste de toujours, c'est-à-dire depuis les années 50. Ils font face au trio assis sur des fauteuils : l'ancien journaliste, aujourd'hui sénateur Claude Estier, qui a rejoint le clan au début des années 60, et puis deux « apparatchiks » apparus au P.S. dans la dernière décennie, Jean-Marcel Bichat et Véronique Neiertz.

Le président du groupe socialiste l'a dit à ses amis : il a tenu à bavarder avec eux, remettant de quelques heures son week-end dans son département, parce qu'il lui semble que quelque chose se prépare, dont il convient de ne pas être absent. Il leur a raconté, déjà, sa soirée à l'Élysée. François Mitterrand recevant d'abord Pierre Mauroy. L'épisode de la prétendue alerte à l'extérieur, l'air bizarre de Bianco et surtout d'Attali.

L'œil bleu fixe derrière ses lunettes, il leur assène sa révélation-massue : il a fait vérifier par des amis du ministère de l'Intérieur, il n'y a eu aucun incident, aucune altercation entre automobilistes du côté de l'Élysée, hier soir. D'ailleurs, il était incroyable que le Président et Bianco aient seuls entendu des bruits suspects...

Sa narration fait son effet sur ses auditeurs : on entendrait une mouche voler, cependant qu'il poursuit :

« Je ne sais pas très bien ce que tout cela veut dire. J'ai retourné le problème dans ma tête cent fois depuis hier soir. Ce qui est sûr, c'est que Mitterrand avait une chose grave à nous annoncer, et qu'il n'a vu que Mauroy. Or, Pierre Mauroy n'est même pas venu nous saluer en repartant. Et Bianco et Attali ont réussi à nous mettre dehors sous ce prétexte invraisemblable qu'ils avaient dû faire évacuer le Président, lequel tout à coup, comme par hasard, se serait trouvé fatigué...

— Il y a quelque chose qui cloche, convient Bichat, blanc comme un linge.

— Comme tu dis, reprend Pierre Joxe. Mon hypothèse, c'est que Mitterrand sent le moment venu de précipiter la crise avec Chirac, qu'il va démissionner et que les gugusses de l'Élysée sont en train de nous mettre devant le fait accompli pour nous faire avaler la candidature du père Mauroy !

— C'est sûr », affirme Véronique Neiertz en mâchonnant une branche de ses lunettes.

Claude Estier intervient : il a vu, lui, François Mitterrand en fin d'après-midi, hier. Malheureusement, il n'est en mesure ni de confirmer vraiment ni d'infirmer totalement la thèse de Pierre Joxe. Le Président ne lui paru ni spécialement en forme ni complètement fatigué.

« Ce pauvre Claude est décidément de plus en plus clair », se dit Joxe, cependant qu'Estier poursuit le récit de sa rencontre avec le Président de la République : ils ont parlé du Sénat. Ils ont abordé la situation qui se développe, au Parlement et dans l'opinion, par rapport au projet Pasqua. Le Président, c'est vrai, a donné l'impression à son visiteur de vouloir « engager les grandes manœuvres », mais il n'a rien dit de précis, ni sur son éventuelle démission ni sur le nom de son successeur éventuel comme candidat du parti.

« Ce qui est vrai, remarque Mermaz, c'est qu'à mon avis, François Mitterrand n'a aucune envie de se représenter. Je crois que maintenant, il a pleinement le sentiment du devoir accompli, et la tentation du dialogue avec l'Histoire. Il va se replier à Latche, et regarder les choses avec la distance qu'elles méritent. Il va écrire... »

Tous conviennent qu'une telle décision serait funeste. Cela ouvrirait la voie, d'un côté, à Rocard — hypothèse évidemment inadmissible, nos cinq amis n'ont pas même besoin, entre eux, de se le dire — de l'autre, sans doute, à Mauroy.

« C'est vrai que pour d'obscures raisons, Mitterrand a toujours eu de la tendresse pour Mauroy, remarque Bichat.

— C'est sûr, confirme Véronique Neiertz.

— Et puis, ajoute Mermaz — décidément en veine d'analyse psycho-historique, ce matin —, les grands hommes n'aiment pas avoir de successeur. Alors, comme avec Mauroy, il y a toutes les chances que la gauche soit battue aux présidentielles...

— En plus, Mitterrand paraîtrait fidèle à lui-même, et à tout ce qu'il représente par rapport au peuple de gauche, en passant le relais à Mauroy, qui n'a pas arrêté de se situer clairement à gauche depuis qu'il n'est plus à Matignon, ironise Joxe.

— Ça, c'est sûr », appuie Véronique Neiertz.

Pendant que le maître de maison fait le service des apéritifs, la discussion progresse. Peu importe qu'Attali et

Bianco participent ou non à une entreprise destinée à protéger une opération Mitterrand-Mauroy. Ce qui semble probable, c'est que Mitterrand veut maintenant brusquer les événements. Et ce qui est patent, c'est qu'une candidature Mauroy serait une très mauvaise solution. Or, il n'y en a pas cinquante autres possibles, contre Rocard. Fabius, c'est le moins qu'on puisse dire, n'enchante pas Joxe et ses invités : « Ce n'est pas la peine de faire une campagne présidentielle pour, après, être obligés de faire une politique de droite...

— De toute façon, dit Bichat, il n'est pas crédible. Il est encore trop jeune pour faire un Président présentable. »

Jospin n'aurait aucune chance, et de toute façon, « il n'est pas vraiment de la famille », selon le mot de Mermaz. L'idée de Jack Lang fait sourire tout le monde. Quant à « Charles » ou « Charly Chnouf », c'est-à-dire Hernu dans le langage fleuri de ses amis, « il faut quand même pas déconner », tranche Pierre Joxe, malgré les hésitations momentanées qu'il croit déceler sur les visages d'Estier et de Mermaz. Il vaudrait encore mieux Chevènement, mais de toute façon, ce n'est pas possible dans l'état actuel du parti. La seule solution, c'est évidemment que François Mitterrand se représente...

« On est un peu dans la situation de 1980, fait remarquer Mermaz. Sauf qu'il ne s'agit plus de se prononcer pour Mitterrand en sachant qu'il est d'accord, mais de propulser sa candidature pour l'obliger à l'accepter !

— Autant dire que ça n'a aucun rapport avec 1980 ! », plaisante aigrement Joxe.

De fil en aiguille, la décision se profile : il s'agit de constituer un groupe de pression actif, dans le parti et hors du parti, pour une nouvelle candidature Mitterrand. Et il faut remuer suffisamment de monde pour empêcher toute opération Mauroy, fût-ce contre les foudres élyséennes elles-mêmes. D'ailleurs, nos amis en sont convaincus : finalement, le Président nous sera reconnaissant de notre action.

Première action concrète : Joxe fera publiquement appel à une élection présidentielle anticipée, et à une candidature Mitterrand, ce week-end, en Saône-et-Loire. Mermaz fera de même ce soir dans l'Isère — et demain, sur RTL-*Le Monde.* Estier reprendra ces appels et leur donnera implicitement son soutien dans un éditorial de *L'Unité.* Bichat et Véronique Neiertz vont faire le tour téléphonique de tous les copains, fédé par fédé, pour que des appels pressants dans le même sens émanent de la base, et chaque fois que ce sera possible, des dirigeants départementaux du parti.

Joxe va préparer une « tribune libre » pour *Le Monde,* non, pour *L'Événement du jeudi,* et Mermaz pour *Le Matin.*

On va contacter Paul Quilès et Roland Dumas — injoignables pour le moment. Il faudrait aussi trouver dans les autres courants — « surtout chez Mauroy » précise Estier — « des gens qui marchent avec nous ». Mermaz appellera Delebarre, pour voir dans quel état d'esprit il est. Au fil des idées, on évoque les noms de Georgina Dufoix, Roger Fajardie, Pierre Bérégovoy, et puis Françoise Gaspard, Huguette Bouchardeau, Henri Nallet.

« Pourquoi pas Delors ? hasarde Mermaz.

— Attendons tout de même un peu », répond Joxe.

CHAPITRE IV

Coup de pouce

Samedi, 14 heures, la brasserie Bofinger, près de la place de la Bastille

Pierre Mauroy déjeune avec ses amis. L'ambiance est bruyante et bon enfant. Le Garrec lance à Fajardie : « Ça va être le moment d'utiliser tes " franc-mac ". » Tout le monde sait que Roger Fajardie est franc-maçon, et cent légendes ont couru depuis des lustres — avec un fond de vérité, dit-on — sur les mille et une manières qu'aurait eues Fajardie de faire intervenir ses amis en maçonnerie dans la préparation de congrès socialistes, par exemple en rapprochant mystérieusement des militants de tendances différentes, ou en faisant voter massivement dans telle ou telle section des fournées d'adhérents jusque-là inconnus. Fajardie a pris son parti de sourire de ces légendes, et Pierre Mauroy l'a toujours un peu soupçonné d'être au fond assez content du pouvoir occulte qu'on lui prête ainsi.

Une fois encore, la conversation est, sur le sujet, mi-sérieuse — après tout, si c'est utile, pourquoi se priver de ce levier dans la campagne présidentielle ? — mi sur le ton de la plaisanterie. Mauroy rapporte une anecdote que lui a, jadis, contée le journaliste Jean Ferniot. Il paraît qu'en composant son gouvernement, en 1955, Edgar Faure avait oublié de prendre en compte la franc-maçonnerie dans l'alchimie de son dosage ministériel. Il avait déjà eu tant à faire avec la composition par partis, par sous-groupes, par régions, qu'il avait omis ce facteur. Bref, il n'y avait aucun franc-maçon au gouvernement. Un franc-maçon connu, Georges Bérard-Quélin, avait pris connaissance de la liste des ministres dans la soirée, avant le débat d'investiture du lendemain ; il avait affirmé que c'était la première fois depuis les débuts de la République qu'il n'y avait pas de franc-maçon au gouvernement, que cela ne se pouvait pas, et que ce gouvernement ne passerait donc pas le cap du lendemain à l'Assemblée ! Toute la nuit, Edgar Faure et ses amis tremblèrent. Mais, le lendemain, ils obtenaient l'investiture : de là daterait la preuve tangible du déclin irréversible de la franc-maçonnerie...

« Rigolez tant que vous voudrez, prévient Fajardie. Mais moi je sais bien en quoi la franc-maçonnerie peut être utile à nos projets... »

Samedi, 14 h 30, bar de l'hôtel Lutetia, boulevard Raspail

Michel Rocard serre les mains des deux personnes qui l'attendent à la table du fond. L'une d'elles est son complice de vingt ans, Tony Dreyfus, qui lui présente l'autre :

« Notre ami, précise-t-il, peut avoir tous les renseignements qu'on puisse souhaiter, du côté de la police parisienne.

— Enfin tous, n'exagérons pas, affirme le préfet, modeste. »

Samedi, 16 heures, mairie de Grand-Quevilly, Seine-Maritime

Le banquet en l'honneur du plus ancien élu socialiste du département — cinquante ans de mandat ! — touche enfin à sa fin. Laurent Fabius y va de son compliment.

« Je te salue, Émile, et à travers toi permets-moi de saluer l'histoire glorieuse du socialisme français pendant ces cinq décennies (*applaudissements*). Le socialisme, avec à la base des hommes humbles mais toujours prêts à se battre pour la justice et la vérité, à risquer aussi leur vie pour la patrie en danger et pour la liberté (*applaudissements*). Le socialisme avec, au sommet, des hommes, je pense à Jaurès, je pense à Léon Blum, je pense à François Mitterrand (*vifs applaudissements*), qui ont toujours su le conduire vers le renouveau tout en restant fidèles à la tradition. Je suis particulièrement heureux de le dire ici et aujourd'hui, devant toi Émile, et devant vous tous, chers camarades et chers amis. A l'heure où de nouveaux combats se préparent pour le socialisme français, c'est-à-dire pour la justice, la vérité et la liberté, il faut plus que jamais s'en souvenir : être fidèle à la tradition du socialisme, c'est innover, c'est aller de l'avant, c'est oublier les vieux dogmes et c'est travailler sans relâche — car le socialisme est d'abord un service — à moderniser la France ! » (*Applaudissements nourris.*)

Samedi, 16 h 30, rue de Bercy

Pierre Mauroy est satisfait : beaucoup de camarades sont « montés » des fédérations de province du parti. Il a même quelques bonnes surprises : Michel Pezet, par exemple, qui est venu des Bouches-du-Rhône, alors qu'on lui avait dit qu'il serait sûrement rocardien pour les présidentielles. Mais c'est vrai qu'on lui avait aussi affirmé que Michel Delebarre prendrait ses distances...

Les « mauroyistes » de province apparaissent tout de même légèrement dubitatifs sur l'imminence de la démission du Président de la République, et semble-t-il, bien qu'ils ne le disent pas clairement, sur l'engagement public du chef de l'État sur le nom de leur leader. Il faut que le maire de Lille reprenne la parole. Ses proches lui devinent un soupçon d'agacement, sous la rondeur de l'apparence.

« Écoutez, vous comprendrez que je ne puisse vous dire complètement tout ce que je sais, martèle-t-il. Mais suivez-moi à demi-mot, quoi. Disons que, ce que je vous ai dit, le Président de la République lui-même me l'a très clairement laissé entendre... »

On comprend mieux, dans la discussion qui suit, l'angoisse des animateurs départementaux à obtenir le soutien de François Mitterrand : c'est que dans le parti, la situation du « courant Mauroy » ne leur paraît pas spécialement brillante, s'agissant d'une élection présidentielle.

Ils ne craignent pas vraiment les amis de Jean-Pierre Chevènement : le CERES leur paraît en forte baisse (« Ils disent ça chaque fois, et ils se plantent chaque fois sur le score du CERES », persifle Pfister *mezza voce*). Et dans le parti, on ne semble guère croire à une candidature Chevènement, « il ne fait pas le poids », précise un délégué du Calvados, que Pierre Mauroy n'identifie d'ailleurs pas.

Mais Rocard et Fabius leur paraissent autrement dangereux. Au fond, si on les écoute bien, les mauroyistes ne sont pas tendres pour leur chef de file, dans la description qu'ils peignent des profondeurs du parti. Tout le monde à la base — comprend-on en filigrane — respecte Mauroy, qui a gouverné courageusement, avec les communistes, pendant les « belles » années du septennat. Tout le monde a un bon souvenir de ces années-là. Mais — comment dire — tout cela... paraît un peu du passé. La patte Fabius, et même la griffe Chirac, ont peut-être démodé, aux yeux de l'opinion (cette ingrate) le style Mauroy. Bien sûr, Pierre Mauroy incarne les vraies valeurs du parti. Chacun se souvient des triomphes qu'ont été, sans conteste, les discours de Pierre aux congrès de Bourg-en-Bresse en 1983 et de Toulouse en 1985. Bien sûr, la continuité de la ligne politique défendue par Pierre depuis qu'il n'est plus au pouvoir lui vaut la sympathie active, l'affection profonde des militants. Mais, comment dire, les adhérents des sections socialistes sont sensibles — « quelque part », précise le « fédéral » du Pas-de-Calais — à la pression des non-membres du parti, et au poids des médias, ces terribles médias empêcheurs de voir les choses comme on aimerait qu'elles soient.

Et du coup — « même parmi des camarades très

proches sur le fond », explique Arthur Notebart — il en est qui se disent que, n'est-ce pas, du point de vue de l'efficacité, ou bien encore du point de vue de la modernité, « il en est même qui disent, du point de vue des possibilités de gagner », eh bien n'est-ce pas, Rocard... ! Ou alors, si vraiment Mitterrand n'en veut pas, eh bien au moins, Fabius... !

Donc, en un mot comme en cent, ce serait vraiment *très bien* que Mitterrand soutienne Mauroy — là, pensent-ils tous, on gagne sans problèmes ! — parce que, sans quoi, Pierre est mal barré devant Rocard, Fabius, et peut-être même devant Jospin. Mais bon, si Pierre a l'air tout à fait sûr d'avoir le soutien de Mitterrand, alors tant mieux, tout va bien !

Du coup, la seconde partie de la réunion se déroule sous le signe du plus parfait optimisme. Chacun semble avoir oublié ses inquiétudes, ou ses réticences du début : on est bel et bien parti pour la victoire ! Foin de Rocard, foin de Fabius, on-va-ga-gner !

Jacques Attali, s'il assistait à la scène, serait atterré : on semble avoir déjà oublié Mitterrand. Il est vrai que les délégués de la rue de Bercy ignorent tout du drame élyséen...

Dans l'organisation de la victoire, les mauroyistes ratifient les décisions du petit comité des chefs réuni le matin par Mauroy. Comme toujours dans les réunions politiques, un point de détail, symbolique, occupe plus de temps que beaucoup d'aspects essentiels. En l'occurrence, il s'agit de savoir d'où, et sous quelle forme, Pierre Mauroy annoncera sa candidature. Malgré les réserves de Delebarre, de Savary et de Françoise Gaspard, l'idée d'une déclaration solennelle depuis le beffroi de la mairie de Lille, emporte finalement l'adhésion générale.

Samedi, 17 heures, bureau du maire,
hôtel de ville de Paris

A la fine équipe du matin se sont joints Charles Pasqua, Alain Juppé et le publicitaire Jean-Michel Goudard.

Le temps presse, car l'A.F.P. attend son texte. Le projet Juppé-Toubon est donc examiné rapidement, et ne subit que peu de modifications. Le voici, tel qu'il tombera sur les téléscripteurs à 18 h 47 :

« URGENT : M. Jacques Chirac, Premier ministre, entretien exclusif avec l'A.F.P.

— *Monsieur le Premier ministre, des rumeurs circulent, concernant une possible aggravation des tensions entre l'Elysée et l'Hôtel Matignon...*

M. Jacques CHIRAC : — A l'approche de l'ouverture de la session parlementaire, tout ce qui flotte, clapote ou barbote dans le bassin politicien croit bon de faire des vagues. Croyez-moi, on raconte n'importe quoi. Le gouvernement travaille fermement à la réalisation de la politique voulue par les Français. Il ne prend pas même le temps de s'arrêter pour se féliciter du remarquable bilan de l'action de redressement engagée depuis un an sur le mandat de notre peuple. Il agit, et vous le comprendrez, d'abord sur le plan économique, qui constitue la préoccupation majeure de nos concitoyens. Dans ces conditions, les petites rumeurs plus ou moins ragoûtantes du marais politicien n'intéressent nullement le gouvernement.

— *Dans cette action, le Président de la République ne vous gêne-t-il pas de plus en plus ?*

Jacques CHIRAC : — Puisque je vois que vous insistez sur ce terrain, laissez-moi vous dire ceci. Je me sens profondément en accord avec les Français, pour qui la cohabitation est une bonne chose parce qu'elle pacifie notre vie politique. Je suis, croyez-le bien, parfaitement à l'aise dans cette cohabitation avec Monsieur le Président de la République, et je me sens très heureux des formes de cette vie politique plus moderne à laquelle je suis fier d'associer mon nom. Laissez-moi ajouter une remarque plus personnelle. Non seulement M. Mitterrand et moi ne sommes pas des ennemis, avec toute l'horreur que ce vocabulaire militaire pourrait suggérer, mais je vous dirai que j'ai appris à le connaître, et que personnellement mes relations avec lui sont excellentes. Voyez-vous, lorsque je vais à l'Élysée pour le rencontrer, le sentiment que j'éprouve est un sentiment de plaisir, à l'idée d'aller m'entretenir avec quelqu'un d'intelligent, de clairvoyant et de tolérant.

— *Vous pensez donc, monsieur le Premier ministre, que la session parlementaire se déroulera normalement ?*

Jacques CHIRAC : — Je ne vois pas en tout cas ce qui pourrait s'y opposer. J'y suis pour ma part totalement favorable, et je ne doute pas que Monsieur le Président de la République souhaite avant tout, de son côté, le respect de la volonté et de la tranquillité du peuple français. »

Les rédacteurs ont tous le large sourire du potache qui vient de faire un bon coup au premier de la classe. Charles Pasqua, plus Fernandel que jamais, conclut pour tout le monde : « Après ça, si Mitterrand vient nous chercher des poux dans la tête, c'est lui qui aura l'air d'être un affreux Jojo ! »

Samedi, 18 heures, Chalon-sur-Saône

Le secrétariat de Pierre Joxe téléphone à l'A.F.P. la « déclaration que vient de faire M. Pierre Joxe, président du groupe socialiste à l'Assemblée nationale, s'exprimant à titre personnel » :

« *Les temps sont difficiles. La droite française, un an après une courte réussite électorale, se croit tout permis. Elle s'apprête, comme aux heures les plus noires de son Histoire, à perpétrer un attentat légal contre nos libertés. Le projet Pasqua est plus qu'inadmissible, il est inacceptable.*

« *La gauche ne peut sans se renier laisser adopter un tel projet par une majorité parlementaire servile. Seul le peuple peut trancher un débat aussi fondamental entre deux conceptions aussi opposées de la République et des droits de l'homme. J'en appelle donc au Président de la République pour qu'il provoque une élection présidentielle anticipée. Et, bien sûr, pour que le peuple puisse trancher entre les personnes qui symbolisent clairement les options en présence, il est indispensable que François Mitterrand porte lui-même dans la campagne présidentielle les espoirs de ceux qui ont choisi la démocratie, le suffrage universel, la justice. J'en appelle à François Mitterrand pour qu'il prenne, comme citoyen, la tête de ce nouveau combat. Et j'invite tous ceux qui pensent comme moi à le lui faire savoir. »*

Samedi, 18 h 45, avenue d'Iéna

L'appartement prêté par cet ami de Michel Rocard est plus que spacieux. Il déploie l'élégance confortable et un peu impersonnelle des hommes arrivés dans les professions libérales. Mais Michel Rocard, de toute façon, n'a jamais été homme à prendre garde aux décors. On sonne à la porte. Seul dans l'appartement, Michel Rocard va ouvrir.

« Salut, vieux frère, comment tu vas ?

— Ça va, et toi ? » répond, circonspect, Pierre Mauroy.

L'ancien Premier ministre avait été surpris, et pas mécontent, d'entendre Rocard au téléphone, à l'heure du déjeuner, quelques minutes seulement après que ses amis et lui eurent décidé qu'il faudrait sonder le député des Yvelines. Il avait donc, avec joie, accepté le rendez-vous pour aujourd'hui même.

Ils s'installent. Mauroy ne veut pas boire pour l'instant. C'est à Rocard d'attaquer, puisqu'il a pris l'initiative de la rencontre.

« J'ai voulu te voir, Pierre, parce que j'ai le sentiment que les choses vont s'accélérer...

— Jusque-là, nos analyses convergent ! opine Mauroy.

— Bon, écoute, Pierre, on ne va pas finasser entre

nous ; on se connaît, et je crois pouvoir dire qu'on s'estime, depuis trente-cinq ans. Voilà... (Rocard a l'air moins à l'aise qu'il l'imagine, son visage anguleux a presque un air douloureux sous le masque d'un sourire prolongé à l'excès)... Je pense que l'échéance présidentielle arrive. Tu sais que, cette fois, je compte mener ma candidature jusqu'au bout, et je souhaitais avoir une conversation avec toi pour savoir comment tu te situais par rapport à tout ça... »

Pierre Mauroy observe son ancien ami. Ce n'était donc que cela, Michel voulait tout bonnement son soutien pour sa propre candidature ! En un clin d'œil, le maire de Lille se rappelle ce moment, en 1979, où Michel, pendant la préparation d'un congrès du parti, avait dit publiquement, sans que jamais la question ait été évoquée entre eux, qu'il réservait à Pierre Mauroy le poste de premier secrétaire du P.S. Et cette fois, se dit Mauroy, que va-t-il me proposer : le poste de Premier ministre (merci !), pourquoi pas la présidence de l'Assemblée nationale, ou la fonction de médiateur ? Il se fout de moi, et d'ailleurs, poursuit-il assez injustement dans son for intérieur, il s'est toujours foutu de moi, depuis qu'on se connaît, depuis la S.F.I.O...

« Mon cher Michel, j'ai peur de ne pas très bien te comprendre. Si l'élection présidentielle est précipitée, comme nous le pensons tous deux, cela va ressusciter un vrai débat gauche-droite dans ce pays. Et dans ces conditions, tu n'es pas le mieux placé pour porter les couleurs du socialisme !

— Accord ou pas du P.S., tu le sais, Pierre, j'irai jusqu'au bout.

— Là est notre première divergence, Michel. Je ne suis prêt pour ma part qu'à soutenir le candidat du parti. Pas question d'aventure, de scission ou de trahison des idéaux de la gauche...

— Pas de mot comme cela entre nous, s'il te plaît ! coupe Rocard. Tu me connais assez pour...

— Je te connais assez pour te mettre en garde, Michel. Ta candidature est une candidature de division. Elle provoquera le plus grand trouble dans les rangs du parti, qui n'aime pas qu'on joue les sondages contre les militants, tu le sais. De surcroît, ta candidature ne sera pas acceptée, ne serait-ce que parce que le Président de la République s'y opposera.

— C'est-à-dire ? l'interroge Rocard.

— Bon, Michel, quoi, tu l'as dit toi-même, pas la peine de finasser entre nous. Il faut que tu comprennes que j'ai l'intention d'être personnellement candidat. Et je crois savoir, mon bon Michel, que François Mitterrand m'apportera son soutien sans ambages... »

C'est au tour de Michel Rocard d'observer pensivement son interlocuteur. Il ne manque pas d'air, se dit-il, ce bon vieux Nordiste incapable de se rendre compte que son heure est passée, que rien, ni sa personnalité, ni son bilan, ni son vocabulaire, ni les forces qu'il représente ne le qualifient pour la politique des années 90...

Chacun se cale dans son fauteuil. Un ange passe entre les boiseries.

Les deux hommes pensent à la soirée d'hier à l'Élysée. Tous deux se demandent : l'autre a-t-il bien compris ce qui s'est passé hier soir ? Ou plutôt : sait-il ce qui s'est passé hier soir ?

C'est Rocard qui reprend le fil de la discussion :

« Tu sais, Pierre, cela m'étonnerait beaucoup, quoi qu'il ait pu te dire à un moment ou à un autre, que Mitterrand t'apporte un soutien public... A toi ou à qui que ce soit, d'ailleurs...

— Tu dis cela parce que tu penses qu'il va se représenter ?

— Oh, pas du tout, poursuit Rocard. Mais je pense que tu aurais tort de compter sur son appui.

— Pense ce que tu veux, Michel. Je suis désolé, mais je pense franchement que nous n'avons plus rien à nous dire. »

Rocard en convient. Il raccompagne son concurrent jusqu'à la porte. Ils sont d'accord pour conserver à leur entretien un caractère strictement privé.

Samedi, 19 h 30, à la terrasse de « Chez Francis », place de l'Alma

Pierre Mauroy retrouve Thierry Pfister, comme convenu.

« Alors, l'interroge l'ancien journaliste, goguenard, il t'a dit qu'il te soutenait ?

— C'est ça, c'est ça, fait Mauroy. Ou plutôt, il m'a carrément demandé si moi je le soutenais !

— Très drôle ! »

L'ancien Premier ministre narre son entrevue à son collaborateur. Pendant tout ce temps, celui-ci se demande pourquoi son patron a l'air soucieux. Pourtant rien de tout cela n'est bien sensationnel, ni tellement imprévu. Pfister finit par demander :

« Il y a quelque chose qui te tracasse ?

— Eh bien je ne sais pas, peut-être... Mais tu vois,

Rocard avait l'air sûr, absolument sûr, que Mitterrand ne me soutiendrait pas. Pas comme quelqu'un qui déduit quelque chose d'une analyse, mais comme quelqu'un qui *sait* quelque chose, comme si Mitterrand par exemple le lui avait dit. Alors, je vais te raconter un truc qui va te paraître idiot. Mais voilà, hier soir à l'Élysée, à la fin de mon entretien avec le Président de la République, j'étais très ému. Il m'appelait Pierre, il me demandait de me préparer à être candidat. Alors... Mauroy hésite à poursuivre.

— Alors ? insiste Pfister, curieux de la suite.

— Alors, j'ai eu un mouvement absurde, incontrôlé. Je suis allé vers lui, je l'ai embrassé, et j'ai dit : " Merci, François ! ". »

Pierre Mauroy arrête son récit. Il est tout rouge, il a l'air d'un gros garçon pris en faute par le supérieur de son collège de Jésuites. Thierry Pfister le regarde sans comprendre, en souriant.

« Je ne vois pas, reprend-il, en quoi cela te tracasse. C'est un geste naturel, vu les circonstances...

— Oui, oui. Mais j'ai eu le sentiment immédiat, très net, très fort, que cela l'irritait prodigieusement. Il m'a regardé, vraiment, comme si j'étais devenu fou. Ou plutôt, j'y ai repensé, il m'a regardé en ayant l'air de se dire que, décidément, il s'était trompé sur moi, qu'il ne pouvait pas faire confiance à un type aussi sentimental, et qui ne tenait pas ses distances... »

Pfister tente de rassurer son chef de file. Ses arguments sont de pure évidence. Mais Pierre Mauroy n'en démord pas : il a fait une bêtise, qui a pu faire revenir le Président sur son intention... Il a, peut-être, donné un coup de pouce fatal au destin...

Samedi, 19 h 45, palais de l'Élysée, bureau de J. Attali

Jacques Attali a demandé à Pierre, l'un des chauffeurs et gardes du corps du Président, de service la veille, de venir le voir. Il lui explique, sous le sceau du secret, qu'il y a eu infiltration, hier soir, au premier étage, d'un individu non identifié. Il est possible que cet individu ait pu voir ou entendre quelque chose de confidentiel. Le chauffeur aurait-il par hasard repéré quelque chose ?

A priori, Pierre ne voit pas, aux heures où il a été là, quoi que ce soit à signaler.

« Et puis, quand le Président est revenu avec Chirac, vers 20 h 45, se remémore-t-il...

— Quoi ? s'étrangle Attali. Chirac, qu'est-ce que c'est que cette histoire ; Chirac ? Hier ?

— Ben oui, hier. Le Président avait quitté l'Élysée vers 18 h 30, 18 h 45. Je l'ai conduit à un cocktail. Là, il a rencontré Chirac, et ils ont décidé de se faire un petit point tout de suite après, à l'Élysée. La voiture de Chirac était pratiquement juste derrière la mienne quand on est revenus, vers 20 heures...

— Incroyable. Incroyable, répète Attali, abasourdi. Alors ?

— Alors, le Président n'a pas voulu monter à son bureau, parce qu'il y avait du monde qui allait venir...

— En effet, remarque Attali, machinalement.

— Alors, reprend le chauffeur, ils sont allés s'installer dans un salon du rez-de-chaussée, mais ça par exemple je pourrais pas dire lequel...

— Peu importe, tranche Attali. Et après ?

— Après, Chirac est reparti. Ils avaient discuté, je sais pas moi, je dirai trois quarts d'heure. Chirac est reparti, et le Président est monté au premier. Ah ! au fait, j'avais discuté avec le chauffeur de Chirac pendant ce temps-là, il me disait que ça l'embêtait de travailler de soirée hier, parce qu'il avait une réunion de famille chez lui. Coup de pot pour lui, quand Chirac est revenu, il a trouvé un de ses conseillers techniques dans la cour, et du coup il a libéré son chauffeur et il est reparti, à Matignon je crois, dans la voiture de son conseiller...

— Quoi ? s'étonne Attali, et le fameux chauffeur ? Il est ressorti de l'Élysée ?

— Ah ! ça vraiment, je ne sais pas, je l'ai pas surveillé...

— ... »

Attali émet un léger sifflement, remercie Pierre, prend sa tête dans les mains. Voilà un élément diablement nouveau, se dit-il : le chauffeur de Chirac présent à l'Élysée à l'heure du crime. Jacques Attali se sent à la fois déprimé — il s'est passé tant de choses hier, ici, sans qu'il s'en doute —, excité — une nouvelle piste ! —, et rassuré — la liste des suspects ne comprend plus seulement ses amis du P.S. Le sbire de Chirac s'installe même sans conteste en tête de cette fameuse liste...

Samedi, 20 heures, palais de l'Élysée,
bureau de J.-L. Bianco

Le secrétaire général Bianco, le préfet-commandant Prouteau et le conseiller spécial Attali font le point de l'avancement de leur enquête. Bianco, qui assure la permanence à l'Élysée, ne sait rien de particulier. Il a seulement lu les dépêches, ce que les deux autres collaborateurs du Président n'ont même pas eu le temps de faire. Il les met au courant des déclarations de Chirac, curieusement amicales pour François Mitterrand, et de celles de Joxe et Mermaz, faisant appel à une élection présidentielle anticipée.

Jean-Louis Bianco a allumé la télévision, et nos trois amis échangent leurs informations tout en suivant d'un œil le journal télévisé. Jacques Attali raconte sa découverte essentielle : le chauffeur de Chirac — une nouvelle qui, bien sûr, fait sensation auprès de ses deux auditeurs. Prouteau va se mettre immédiatement en chasse sur cette piste.

Pour le reste, Attali rend compte de ses recherches sur d'éventuelles responsabilités terroristes. Pas grand-chose à se mettre sous la dent. D'ailleurs, aucune revendication de l'assassinat n'est arrivée de nulle part.

Tout de même, une piste, une seule. C'est Régis Debray qui, dès l'origine, l'a signalée ; et elle est suivie par une cellule de la D.G.S.E. (Direction générale de la sécurité extérieure), qui — explique Attali — est fort discrète vis-à-vis de sa direction, mais reste en contact permanent et personnel avec François de Grossouvre (ami de longue date de François Mitterrand, et chargé, jusqu'en 1985, des questions de contre-espionnage à l'Élysée). C'est une piste iranienne.

Le conseiller spécial explique : il y a quelques jours, des individus à la mine patibulaire ont été surpris, tout autour de l'Elysée — rue de l'Elysée aussi bien que rue du Faubourg-Saint-Honoré, avenue Gabriel ou avenue de Marigny — à faire des photos du palais présidentiel. Tous sont iraniens, sauf un, citoyen libanais. Ils appartiennent tous au même groupe d' « étudiants islamiques », d'une moyenne d'âge de trente-trois ans. Ils résident à la Cité Universitaire d'Antony. Ils sont — vingt-quatre heures sur vingt-quatre — sous la double surveillance de la D.G.S.E. et de la D.S.T. (Direction de la surveillance du territoire).

Christian Prouteau, visiblement très intéressé par les révélations d'Attali, prend des notes, et annonce qu'il va prendre le relais sur cette affaire dont, curieusement, personne ne semble l'avoir mis au courant.

De son côté, Prouteau a fait un énorme travail de routine. Rien à signaler, dit-il, ni dans les allées et venues repérables au Palais — mais c'est vrai que le chauffeur de Chirac est passé inaperçu... — ni du côté des connaissances privées du Président. Côté personnalités P.S., Prouteau rend compte des activités de chacun. Il a surtout des « infos » du côté Mauroy : il donne à Bianco et Attali un assez bon résumé de la réunion de travail de l'après-midi, et ajoute :

« Après cette réunion, Mauroy est allé, dans un appartement, rencontrer quelqu'un, qui s'est révélé être Michel Rocard...

— Tiens, tiens, tiens ! remarque Bianco en égrenant lentement ses mots.

— En ce qui concerne les écoutes, reprend Prouteau, j'ai d'ailleurs un truc qui pourrait bien être de la dynamite contre Michel Rocard... »

Jacques Attali et Jean-Louis Bianco délaissent leurs notes, Bianco penche le cou en avant, en un geste de flamant rose. Ils sont toute attention :

« Voilà, c'est une heure après avoir vu Mauroy. Rocard a au téléphone son ami Dreyfus et il lui dit : " Visiblement il ne sait pas ce qui s'est passé à l'Élysée hier soir ". »

« *Il ne sait pas* » : « *il* » doit être Pierre Mauroy. « *Ce qui s'est passé à l'Elysée hier soir* » : évidemment, Rocard peut faire allusion à autre chose qu'au meurtre, il peut parler d'une conversation qu'il a eue avec Fabius, Joxe ou Jospin. Mais il est vrai que « *ce qui s'est passé* » est une formule assez forte, qui fait plutôt référence à un événement. Or, quel événement y a-t-il eu hier soir à l'Élysée, autre que le meurtre, et dont Rocard aurait pu être témoin ? Aucun semble-t-il. Au contraire la soirée à l'Élysée pour Rocard, qui a attendu pour rien, aurait dû surtout être un non-événement. A l'évidence, la formule employée est donc suspecte. Littéralement, elle accuse Rocard. Ou il a fait, ou, au moins, il a vu.

« De toute façon, je les ai tous à l'œil demain, précise le préfet Prouteau. Et pour Rocard, j'ai un truc génial : ils font leur réunion demain dans la salle où, aujourd'hui, leurs copains ont fait des essais en vidéo, des « réunions de groupe » ils appellent ça. Tout va rester branché. Si tout se passe bien, j'aurai carrément l'enregistrement vidéo complet de la réunion des rocardiens demain soir ! »

Samedi, 21 heures, palais de l'Élysée, bureau de Jacques Attali

Vingt-quatre heures après l'assassinat du Président, celui qui fut son conseiller spécial passe en revue les éléments dont il dispose. Il les trouve assez maigres, même si certaines choses se sont décantées. Il a deux suspects en tête de liste : d'abord le chauffeur de Jacques Chirac, et puis Michel Rocard (au-delà des différences de courants politiques, un ami de vingt ans...), Rocard pour cette phrase étrange et accusatrice, pour ces bizarreries concernant la police parisienne peut-être aussi. En seconde ligne, sans qu'on puisse assurément les éliminer pour le moment comme suspects, Laurent Fabius — « je me suis mis dans un mauvais coup » et « je crois que c'est maintenant que ça va démarrer » sont les deux phrases de lui les plus compromettantes qu'Attali ait notées — et Pierre Mauroy, qui est le seul à avoir vu le Président, et à avoir, dit-il, reçu son bâton de dauphin, avant de repartir sans demander son reste ; Mauroy, qui cache quelque chose, Attali en est sûr, et qui déploie depuis hier une intense activité. En troisième ligne, Pierre Joxe dont il mesure mal les possibles motivations, surtout après sa déclaration très « mitterrandienne » de cet après-midi (« mais c'est peut-être une ruse ») ; et Lionel Jospin, dont, comme d'habitude, on ne sait rien.

En un éclair, Attali a une pensée qu'il écarte aussitôt, et sur laquelle il revient quand même un bref instant — après tout, dans cette affaire insensée, les scénarios les plus fous doivent être envisagés, dès lors qu'ils ont été pratiquement réalisables. Attali ajoute donc sur sa feuille une quatrième ligne de noms : Bianco, Prouteau. Ce serait absurde : pourquoi m'auraient-ils appelé hier soir après le crime ? Et quels pourraient être leurs mobiles ? Mais enfin, il faut tout envisager, se dit notre enquêteur, en pensant à toutes les histoires folles de Prouteau, et à l'excessive gentillesse, intelligente et attentive de Bianco (le seul dont tout le monde dans cette République dise en effet toujours du bien, « ça doit finir par être suspect », songe-t-il en souriant)...

En revanche, les pistes privées semblent aboutir à des impasses.

En tout état de cause, conclut pour lui-même Jacques Attali, la journée de demain sera décisive : en fonction de l'avancement de l'enquête, il faudra décider si l'on révèle ou non aux Français le meurtre de leur Président.

CHAPITRE V

Coup de baguette magique

Dimanche, 8 h 55, rue de Charonne, salle de l'AGECA

Heureusement pour eux, la chaleur communicative de l'amitié passe entre les amis de Michel Rocard, une trentaine, réunis autour de leur patron, car il fait plutôt frisquet ce matin dans cette salle lugubre.

Tout le monde a serré la main de tout le monde. Michel Rocard, en s'asseyant au centre d'une des quatre rangées de tables installées en carré, a proposé que son voisin immédiat, le député Michel Sapin, préside la séance. Proposition acceptée par un léger bruissement approbateur. Et Michel Sapin a derechef ouvert la réunion :

« Je donne immédiatement la parole à Michel Rocard, pour une communication de la plus grande importance. »

Rocard s'est levé, comme pour souligner à l'avance qu'en effet ce qu'il a à dire est grave. Pinçant les lèvres, retirant ses lunettes, il jette un regard intense sur l'ensemble des présents, laisse passer quelques secondes interminables avant de s'exprimer.

« Merci, Michel, lance-t-il enfin à Sapin. Oui, mes

camarades, j'ai demandé à prendre la parole tout de suite, parce que j'ai une chose gravissime à vous révéler, qui va nous obliger à travailler rapidement et à prendre des décisions essentielles et urgentes. Excusez-moi d'insister un peu lourdement avant de vous le dire, mais je tiens à ce qu'il soit très clair que rien de ce qui va être dit ici ne devra sortir de cette pièce... »

Les murmures se sont tus. Intrigués, les rocardiens fixent Rocard des yeux. « Ça y est, se dit Daniel Frachon, il va encore nous faire le coup qu'il nous sert à chaque congrès : la situation du monde est au bord du précipice, le moment que nous vivons est le dernier où il soit encore possible de faire politiquement quelque chose, il faut que nous saisissions cette dernière chance. »

« Voilà, reprend Michel Rocard, autant que je vous livre la nouvelle brute tout de suite : le Président de la République est mort. »

Dimanche 9 heures, palais de l'Élysée

Jacques Attali se sent d'attaque. Pas comme hier, où il agissait en aveugle, comme une mécanique, lancé qu'il était par la nécessité, alors qu'il se sentait, d'abord, abattu moralement. Ce matin, la volonté a repris le dessus. Il s'est levé à cinq heures, et s'est imposé, pour remettre ses pensées en ordre, de finir le chapitre en cours de son livre. Peut-être même, s'est-il dit après ses deux heures d'écriture, pourrait-il supprimer les deux derniers chapitres prévus, et le publier en l'état...

Il a, surtout, pour l'enquête sur le meurtre du Président, défini son plan de bataille. Il le sait maintenant : il ne peut plus échapper à une rencontre avec chacun des leaders du P.S. convoqués par François Mitterrand vendredi soir. C'est la seule manière d'avancer ; il ne peut, à l'évidence, se reposer sur la seule piste, tout de même hasardeuse, du chauffeur de Chirac ou sur celle des photographes amateurs iraniens.

Il lui faut — aujourd'hui même — rencontrer sinon Mauroy puisque le maire de Lille lui a déjà donné sa version de la soirée au téléphone, en tout cas les quatre autres. Et puis, c'est la seule façon de mettre en place en même temps un dispositif souple de présentation d'un candidat du parti à l'élection présidentielle : il doit savoir ce que chacun a dans le ventre, et ce que sont leurs intentions. A la limite, si on ne trouve pas l'identité de l'assassin du Président, il faut au moins être prêt à éviter le pire, c'est-à-dire l'affrontement fratricide, pour l'inévitable congrès socialiste de désignation du candidat présidentiel.

Attali, par conséquent, téléphone. Il obtient, sans guère de difficultés, la plupart de ses amis ou leurs épouses ; explique qu'il s'est passé des choses étranges à l'Élysée vendredi soir. Que, peut-être, des intrus non identifiés se sont glissés jusqu'au premier étage. Qu'on ne peut écarter l'hypothèse d'une tentative d'attentat à la vie du Président de la République. Bref, qu'il est chargé par le Président d'une enquête informelle auprès des personnalités présentes au Palais vendredi soir, pour essayer de débusquer tout indice anormal.

A l'issue de ces brefs coups de fil — Jacques Attali coupe court à toute esquisse de conversation — il consulte son agenda d'un œil satisfait : il verra Jospin à 10 h 30, Fabius à 17 heures et Joxe à 18 h 15. Seul Rocard est injoignable. Mais il rappellera dès que possible, lui a-t-on assuré. Il compose maintenant le numéro du commandant Prouteau.

Dimanche, 9 h 05, devant le métro Sèvres-Babylone

Jean-Pierre Raffarin vient de prendre son café au comptoir. Il dirige ses pas vers la rue de Babylone, rangeant dans la poche de son veston, sans le regarder, *Le Journal du Dimanche,* qu'il vient d'acheter.

Raffarin a le physique d'un ancien boxeur poids moyen qui, au début de sa carrière, aurait pris quelques coups de trop sur l'appendice nasal, et qui se serait reconverti dans le journalisme sportif. Il est, de fait, l'un des plus brillants conseillers en communication politique de la droite française, versant U.D.F., en attendant de pouvoir se mettre tout à fait à son compte, c'est-à-dire de se dégotter un siège de député à vie, et dès que possible, un portefeuille ministériel. Tout en progressant d'une démarche pressée, il fait mentalement le point de ses soucis du jour. Il y a les factures impayées de ses copains du parti républicain : « Quel métier ! quand ils sont battus, ils n'ont pas un rond, et quand ils sont élus ils pensent plus à leur prochaine élection qu'à régler le solde des dépenses de leur dernière campagne ! », se dit-il, amer mais philosophe. Il y a Thierry Saussez, son rival en communication politique, qui, non content d'arriver à faire croire à des gens du

R.P.R. qu'il a des qualités professionnelles, vient de lui « piquer » deux clients au P.R. Il y a la cote de Léo, qui a cessé de progresser. Et puis heureusement, il y a les ennuis de Monory, qui devraient lui coûter quelques déboires dans la Vienne si l'on sait s'y prendre (la Vienne est aussi le département de Raffarin...).

Pour lui tout seul, Jean-Pierre Raffarin esquisse un sourire entendu. Il sort son journal de sa poche, le déploie, fronce légèrement les sourcils, découvre le titre de la une, et s'arrête net en plein milieu de la rue.

Dimanche, 9 h 06, rue de Charonne

Un silence interdit s'est abattu sur l'assistance, autour de Michel Rocard.

« Quoi ? s'est seulement étranglé Claude Évin.

— Qu'est-ce que tu racontes ? a demandé le publicitaire Claude Marti (dont le responsable de la communication des rocardiens, Pierre Zémor, se demande d'ailleurs qui l'a invité là).

Au silence a succédé la rumeur. La petite phrase de Rocard a fait son effet, on s'en doute. Tous sont électrisés, comme par un coup de baguette magique. Tous veulent en savoir plus. Mitterrand mort ? Mais qu'est-ce que c'est que cette histoire ? Et comment « Michel », seul le saurait-il ? Mais peut-être veut-il dire qu'il est seulement « politiquement mort » ?

« Essayons tous de garder notre calme, continue Rocard. Je répète que j'ai l'absolue certitude, et en tout cas l'intime conviction que François Mitterrand est mort, plus précisément, qu'il a été terrassé dans la soirée d'avant-hier vendredi. »

Et Michel Rocard explique tout à ses amis : la convocation au Palais de l'Élysée, la rencontre avec Mauroy, Joxe, Fabius et Jospin.

« A un moment, je suis sorti pour téléphoner, reprend Rocard. J'étais à cinq ou six mètres du bureau de Mitterrand. Soudain, j'ai entendu un bruit bizarre, suivi d'un choc sourd et d'un claquement de porte. Ensuite, plus rien pendant quelques secondes, et puis des bruits de voix, de meubles qu'on déplace. J'ai dirigé mes pas vers le bureau d'Attali. Il était vide. J'ai voulu me servir alors de son téléphone et j'ai entendu de nouveau des choses étranges, venant du bureau présidentiel, comme si des gens s'affairaient dans la pièce. Sans vraiment réfléchir, je suis allé jeter un coup d'œil par la porte qui était restée entrouverte. Et là, j'ai clairement eu le temps de voir — mettez que ça ait duré une demi-seconde — Bianco et quelqu'un d'autre, que je crois être le commandant Prouteau, penchés sur un corps affaissé devant eux. »

... Cette fois les rocardiens ont reçu le message. C'est comme si l'on venait, sous leurs yeux, de retirer le linceul recouvrant le cadavre du Président de la République.

« Michel, tu es vraiment sûr que... Michel Sapin n'arrive pas à terminer sa phrase.

— Écoutez, vous ne vouliez quand même pas que j'aille tâter son pouls. Il était sans connaissance, ça je peux vous l'assurer; sans doute une crise cardiaque. Je suis allé immédiatement rejoindre les autres dans le bureau de Colliard. Et puis on a attendu un long moment avant que Bianco n'arrive, rejoint ensuite par Attali. Ils nous ont servi une histoire à dormir debout sur des bruits suspects venant de l'extérieur. Grâce à un ami de Tony j'ai vérifié : il n'y a eu aucune alerte des services de police de l'Élysée, ce soir-là, ni quoi que ce soit aux alentours. Ce qui est sûr, en revanche, c'est que personne n'a vu le Président depuis.

— Mais il paraît qu'il est à Latche, intervient Frédéric Thiriez, le directeur de cabinet de Rocard.

— Non Frédéric », répond gravement ce dernier, en dépliant devant lui la une du *Journal du Dimanche,* à la stupéfaction de tous ses amis, avant d'ajouter : « Maintenant, je crois que nous nous comprenons... Mourant ou mort, je n'en sais rien. En tout cas l'hypothèque de sa candidature est désormais levée. »

C'est Jean-Pierre Cot qui prend le premier la parole : « C'est bon Michel, je suis convaincu. A partir de cette minute, nous devons agir en fonction de cette hypothèse. »

Dès lors la discussion n'a plus qu'un objet : les conditions du lancement public de la candidature présidentielle de Michel Rocard et l'organisation de sa campagne électorale.

Faut-il attendre l'annonce officielle du retrait ou de la mort de François Mitterrand pour lancer la candidature ? Là-dessus, l'accord est rapide et unanime : oui, il faut attendre. Et même, il ne faudra pas aller trop vite, pour ne pas paraître « nécrophage » (selon l'expression du réalisateur de télévision Jean Lallier), il faudra attendre plusieurs jours. En revanche, Michel Rocard devra être parmi les premiers à faire une déclaration, émue et sentie, à l'annonce du décès du Président. Ce ne sera pas facile : si Rocard en « fait trop », il n'aura aucune crédibilité, puisque tout le monde — même dans l'opinion, précise le politologue Gérard Grunberg — sait que Mitterrand et Rocard n'ont jamais été « vraiment potes » (comme dit Michèle, la femme de Michel). Mais si Rocard n'en fait pas assez, il courra le double risque de donner l'impression de cracher sur la tombe du grand homme défunt, et de légitimer une candidature plus « fidèle », celle de Fabius, par exemple. Le plus urgent est donc de préparer ce texte délicat. Autour de Stéphane Hessel et de Pierre Zémor, le diplomate et l'homme de médias de l'équipe, un petit groupe est chargé de commencer à préparer immédiatement un projet, et de le présenter à la reprise de la séance de l'après-midi même.

En attendant, il est urgent de faire le point sur l'organisation de la campagne. Mais l'historien Alain Bergounioux demande la parole pour un « point d'ordre ».

« Excuse-moi de t'interrompre, Michel, mais je pense à quelque chose que j'aurais dû dire dans le point précédent ; je viens seulement d'y penser. Voilà... Si Attali et Bianco retardent l'annonce de l'accident, ou de la mort du Président, c'est sûrement, comme l'a dit Michel, pour magouiller un truc pour la suite. Ils ont donc déjà dû commencer à organiser quelque chose avec les gens du courant A, puisqu'ils ne peuvent disposer que de peu de temps. Avec toi, Michel — dit-il en se retournant vers Rocard — ils n'ont pas pris de contact ?

— Certes non, répond Rocard, vivement intéressé.

— Bon. On peut donc penser qu'ils sont en train de nous concocter une candidature aux petits oignons, côté Fabius, Jospin, ou peut-être même Mauroy... »

Michel Rocard est de plus en plus intéressé. « Nom d'un chien, se dit-il, une opération Mauroy ? Est-ce que cela n'expliquerait pas l'attitude de Pierre Mauroy avec moi hier soir, la tranquillité avec laquelle il avait l'air de penser que sa candidature, à lui, aurait une totale légitimité mitterrandiste ? ».

« Dans ces conditions, reprend Bergounioux, il faut qu'à l'avance — et non pas *après* l'annonce de la mort de Mitterrand — Michel se positionne dans le camp légitimiste.

— Qu'est-ce que tu proposes ? demande Michel Sapin.

— Je ne sais pas, je ne suis pas très sûr. C'est vrai qu'on s'est dit mille fois qu'on ne referait plus le coup du serment de Metz, de 79. Mais la situation est aujourd'hui différente. Puisque Tonton est hors course, quel danger y aurait-il pour Michel à dire publiquement qu'il ne sera en aucun cas candidat contre Mitterrand ? »

Un brouhaha, et même quelques quolibets (« Alors là, Alain, tu déconnes franchement », s'exclame François Soulage) saluent cette proposition. Puis les esprits se calment et le débat, pendant une bonne heure d'horloge, va porter sur l'idée de Bergounioux. Au fil des prises de parole, l'initiative proposée gagne des partisans. C'est vrai qu'elle présente bien des avantages, que les orateurs mettent tour à tour en lumière. Rocard disant qu'il ne s'opposera pas à Mitterrand, cela lui ôtera, aux yeux des militants, ce reste d'image du fils prêt à tuer le père ; cela lui vaudra l'assentiment soulagé de la base ; cela rendra plus difficiles les critiques portées contre lui, dans les autres courants du parti, sur le thème de la division ; et dans le contexte très « gauche-droite » du climat actuel sur le débat sécuritaire, explique Bernard Poignant, animateur des clubs rocardiens, cela lui donnera une légitimité de gauche sans que cela « mange de pain ».

La cause est entendue. Un sous-groupe, composé de

Guy Carcassonne, expert en droit constitutionnel, de Michel Sapin et de Michel Rocard lui-même, va immédiatement préparer un projet de déclaration en ce sens.

Dimanche, 9 h 15, place du Palais Bourbon

François Léotard est en survêtement blanc. Il est rentré de son jogging au bois, où l'a filmé une équipe de TF1. Le voici attablé devant un solide petit déjeuner, *Le Journal du Dimanche* posé devant lui.

Il n'a pas encore eu le temps de le lire ce matin. C'est le journaliste de TF1 qui l'a alerté. Il est donc très avide de lire le reportage qui suit le titre qui barre la une du journal : « *Le mystère Mitterrand. Où est le Président? Que nous prépare-t-il?* » avec ce sous-titre : « *L'enquête exclusive de Michel Schifres et Michel Sarrazin.* »

Il passe très vite sur l'explication de la prouesse technique réalisée par le *J.D.D.* : « *Cette semaine, pour livrer une enquête menée jusqu'à hier soir tard, nous avons composé et imprimé l'ensemble de nos exemplaires dans la nuit de samedi à dimanche. Si pour cette raison, vous n'avez pas trouvé votre* J.D.D. *aussi tôt que d'habitude, excusez-nous...* » Et passe tout de suite à l'article lui-même.

« *Il y a peut-être ces heures-ci une véritable énigme Mitterrand. Où est le Président de la République?*

« *Samedi matin, une équipe du* J.D.D. *avait rendez-vous avec François Mitterrand. Ce rendez-vous a été brusquement annulé. Le Président, nous a-t-on dit, était fatigué, et ressentait le besoin d'aller prendre un repos total dans sa propriété des Landes, à Latche, pendant le week-end. Cela nous a tout de suite intrigués : l'Élysée n'est d'habitude pas chaud pour reconnaître les problèmes de santé de son illustre locataire. Nous avons donc décidé d'aller voir ce qui se passait dans les Landes. Nous pouvons aujourd'hui le révéler aux lecteurs du* J.D.D. : *ce samedi — contrairement au dire de l'Élysée — Mitterrand n'était pas à Latche.* »

Et le journal narre son enquête par le menu. Aucune trace de présence présidentielle, malgré l'emploi de téléobjectifs puissants. Aucune trace de la petite agitation chez les gendarmes alentour, habituelle en cas de présence du Président. Aucun signe de va-et-vient du moindre hélicoptère, ou de la moindre voiture officielle. Et témoignage exclusif d'un employé de la maison du Président, rencontré dans un village voisin : « Non, le Président n'est pas là, je vous le dis. »

Dans ces conditions, *Le Journal du Dimanche* s'interroge : « *Bien sûr, le Président de la République a pu changer d'avis. Il a pu aller se reposer ailleurs. Mais son cabinet à l'Élysée nous a confirmé samedi la thèse de Latche. Alors quoi ? Les Français ont tout de même le droit de savoir ce que fait leur Président. Même le week-end !*

« *François Mitterrand est-il un peu plus que simplement fatigué ? Serait-il malade ? On se souvient qu'on avait déjà caché la vérité aux Français sur l'état de santé du Président, du temps de Georges Pompidou.*

« *Est-il, plus probablement, en train de nous mijoter quelque chose ? Mais quoi, et où ?*

« *On se rappellera la disparition subite du général de Gaulle en mai 1968 : on n'avait su que plus tard qu'il était allé conférer, à Baden-Baden avec le général Massu. Quel est le Baden-Baden de François Mitterrand ?* »

Et plus loin, en forme de conclusion, ce court paragraphe : « *Nous pouvons nous tromper. Nous pouvons avoir été abusés. François Mitterrand se terre peut-être dans sa bergerie landaise, sans que personne l'y ait remarqué. Dans ce cas, nous présenterons nos excuses à M. le Président de la République. Mais si — comme nous avons toutes les raisons de le penser — tel n'est pas le cas, alors nous le demandons encore : pourquoi nous a-t-on menti à l'Élysée, et que fait au juste notre Président ?* »

« Qu'est-ce que c'est que cette salade ? », se demande Léotard, intrigué mais pas vraiment convaincu par ce qu'il vient de lire. Au fond, Mitterrand peut bien faire autre chose que ce que prétend l'Élysée, le week-end, sans qu'on en fasse une affaire d'État ! Mais en même temps, évidemment, le mensonge de l'Élysée, par deux fois, est, au moins idiot, et peut-être finalement un peu étrange.

Le jeune ministre de la Culture et de la Communication a décroché son téléphone. Il appelle Alain Madelin, puis Jean-Pierre Raffarin. Conversation banale, personne n'a un avis vraiment éclairant sur l'enquête du *Journal du Dimanche,* que Madelin, d'ailleurs, n'a pas lue. De toute façon, ils ont prévu, avec Longuet, Douffiagues, Borvo et Patrice Duhamel, de déjeuner tous ensemble aujourd'hui, et de travailler si nécessaire jusqu'à 16 heures. Ils se retrouveront à 13 heures dans la salle à manger du ministre de la Culture, au ministère, rue de Valois.

Dimanche, 9 h 25, place Beauvau,
le bureau du ministre de l'Intérieur

Charles Pasqua compulse les notes préparées par son cabinet sur les réactions des milieux de la majorité à son projet de loi sur la sécurité publique. Il n'est pas content. Mais alors, pas content du tout. Quoi, ces petits blancs-becs du P.R., ces soi-disant « libéraux », ces jeunes gens qui ne seraient rien, qui téteraient encore le sein de leur mère s'il n'avait pas, lui Pasqua, convaincu Chirac d'en faire des alliés privilégiés contre la bande à Barre, ces morveux s'apprêteraient à lui chercher des poux dans la tête à l'occasion du débat parlementaire ? Ils déposeraient des amendements « dans un souci de respect des droits de l'homme », ces messieurs ? Et puis quoi encore ? On va voir ce qu'on va voir...

Le ministre de l'Intérieur est interrompu dans sa lecture, et dans ses maugréements, par la sonnerie de l'interministériel, la ligne téléphonique directe entre Matignon et les différents ministères.

« Allô, Charlie ?

— Oui, oui, c'est moi, répond le ministre, qui pense aussitôt : allons bon, il ne manquait plus que le Premier ministre, le dimanche matin, pour que la fête soit complète ; que se passe-t-il encore ? Pourquoi a-t-on tout le temps besoin de moi ?

— Qu'est-ce que c'est que cette histoire ? demande Jacques Chirac, sans le moindre préambule.

— Qué... Quelle histoire ? demande Fernandel.

— Comment quelle histoire ? Le papier du *Journal du Dimanche,* bien sûr !

— Ah ça ? Eh bien, Jacques, je ne sais pas...

— Pardon ? rugit Chirac.

— Non, je ne sais pas. Je suis en train de faire vérifier. Tout ce que je peux dire pour le moment, c'est que personne n'a vu le Président depuis vendredi soir. Comme chaque fois qu'il veut aller à Latche, le dispositif avion plus hélicoptère a été mis en place, et utilisé. Mais personne ne peut affirmer que Mitterrand était bien dedans. Sur place, là-bas, ce n'est pas très clair non plus. Les journalistes peuvent dire vrai, mais ce n'est pas sûr du tout...

— C'est tout de même incroyable. Un Président de la République ne peut pas se volatiliser comme ça... insiste le Premier ministre.

— Je ne dis pas ça, Jacques. Mais Mitterrand ne passe pas son temps à prévenir mes services ! De toute façon, j'attends des précisions. J'ai demandé aux R.G. un rapport urgent et circonstancié...

— Je le veux dès qu'il sera prêt. Et même avant si possible ! tranche Chirac.

— Évidemment », répond le ministre, mais son patron a déjà raccroché.

Dimanche, 9 h 30, avenue de Suffren (VIIe arrondissement)

« Tiens, ma douce, lis donc ça, c'est réjouissant au plus haut point !

— Je l'ai déjà lu, Raymond... »

Puisqu'ils l'ont tous deux déjà lu, Raymond Barre commente à son épouse l'article du *Journal du Dimanche.* Leur conversation ressemble à un docte soliloque, ponctué de « c'est vrai, Raymond », « tu as bien raison, Raymond », « tu l'as d'ailleurs toujours dit, Raymond ». Raymond Barre fait donc cours à sa femme, et celle-ci l'écoute attentivement, gravement. A moins que, rompue à cet exercice, elle ne fasse comme les étudiants de Sciences-Po, et pense en fait à tout autre chose...

Bref, le député de Lyon est ravi : dès qu'on n'a pas de nouvelles du Président de la République depuis six heures, la France s'arrête et la presse se met à enquêter ! Quelle confirmation éclatante : toute la vie du pays repose sur l'institution présidentielle, et leur cohabitation n'y fera certes rien ! On peut bien essayer de brouiller les cartes, de tromper les Français, de leur faire prendre des vessies pour des lanternes, la réalité est bien là : la clé de voûte de la cinquième République, c'est le Président de la République. Et Chirac doit avoir des sueurs froides, en ce moment, si Mitterrand a vraiment disparu !

Raymond Barre est ravi, mais en même temps un peu inquiet. Est-ce que Mitterrand ne serait pas en train de préparer un coup fourré ? Qu'est-ce qu'il peut bien fabriquer ? Serait-il possible que le Président de la République ait lui-même actionné *Le Journal du Dimanche* pour braquer les projecteurs sur lui ?

Et puis cela tombe quelques heures après cette invraisemblable déclaration, éminemment cohabitante, de Chirac. Est-ce que les grandes manœuvres viendraient à s'accélérer ? Le temps serait-il venu de parler, c'est-à-dire d'agir ? Raymond Barre le pense. Mme Barre aussi.

L'ancien Premier ministre va jusqu'au téléphone, et appelle son fidèle Mestre. Il sait que son état-major se réunit cet après-midi. Il prévient qu'il assistera personnellement à cette réunion, contrairement à ce qui était initialement prévu.

Dimanche, 10 h 15, rue de Solférino
(VIIe arrondissement) au siège du P.S.

Jacques Attali est assis en face de Lionel Jospin, dans le bureau spacieux, confortable et sans âme du premier secrétaire du parti socialiste. Ils ont pensé qu'ils seraient au calme ici, un dimanche matin, et en effet la maison est quasi déserte. Lionel Jospin est derrière son bureau. « Il pourrait savoir, se dit Attali, que cela ne se fait pas, et qu'il devrait venir s'asseoir à côté de moi. Il en met, quand même, du temps, à apprendre les usages, notre bon Lionel... »

« Donc — est en train de dire Attali — je sais que tu étais avec nos camarades dans le bureau de Colliard, où je vous ai retrouvés plus tard. Est-ce que tu as remarqué quoi que ce soit de suspect, ou seulement d'inhabituel ?

— Non. Inhabituel, bien sûr, tout l'était vendredi soir. La convocation du Président, notre présence à tous, Michel Rocard compris. Le fait qu'il n'y avait pas le moindre huissier à l'étage du Président. Tout cela composait une atmosphère étrange, un peu irréelle même. Mais à part ça, je ne peux rien te dire de précis. Je suis resté dans le bureau de Colliard, où Bianco nous avait parqués, et je n'en ai pas bougé jusqu'à ce que tu y arrives. Et il ne s'est rien passé de spécial... »

Attali fait répéter plusieurs fois à Jospin sa version de la folle soirée élyséenne. Le premier secrétaire confirme, sans d'ailleurs qu'Attali ait besoin de lui poser la question directement, qu'il est bien resté tout le temps, sous le regard des autres, dans le bureau du directeur de cabinet du Président de la République. Et aussi qu'il n'a rien remarqué, ni entendu, de spécial.

« Personne n'a bougé du bureau de Colliard ?

— Non, je ne crois pas, reprend Jospin... Ah si, peut-être... A un moment, Michel Rocard est sorti, téléphoner je crois.

— Tu te rappelles à quel moment c'était ?

— Oh ! je dirais quelques minutes après que Pierre Mauroy nous quitte pour s'entretenir avec le Président. En début de soirée, en tout cas...

— Mmm, fait Attali, qui enchaîne, sans avoir l'air d'y toucher : donc Rocard était sorti un moment. Et les autres ? Tu comprends, ça pourrait m'aider à discuter d'abord avec ceux qui ont pu déambuler à l'étage, et peut-être repérer quelque chose, même si, sur le moment, ça leur a paru un détail.

— Je comprends — opine gravement Jospin — attends voir... »

Jospin réfléchit une longue minute, puis :

« Je dirais que seuls Michel Rocard et Laurent Fabius sont sortis de la pièce, avant que Bianco puis toi nous y rejoigniez. Pierre Joxe et moi n'avons pas bougé. Tu devrais donc d'abord parler à Rocard et à Fabius. »

Et les mettre en tête de ma liste de suspects, côté P.S., se dit Attali. Avec Mauroy bien sûr, qui, lui, est tout de même le seul à être à coup sûr entré dans le bureau présidentiel...

L'entretien n'apportera plus rien de nouveau sur le terrain de l'enquête. Attali décide de faire dévier leur dialogue vers l'état du parti et la préparation d'une éventuelle élection présidentielle.

« Moi, pronostique Jospin, je table sur une élection à la date normale. Et je suis convaincu que François Mitterrand sera candidat...

— Sur chacun des deux points, je serais moins affirmatif, réplique Attali, pensif.

— Ah bon, tu penses que ça va s'accélérer...

— Je ne sais pas, c'est mon impression...

— Bon encore, ça, je suis d'accord que c'est possible, et de toute façon il faut y être prêt, maintenant. Mais tu crois sérieusement que François Mitterrand laisserait tomber ?

— En tout cas, rétorque Attali, je suis convaincu, pour reprendre ton expression, qu'il faut y être prêt, maintenant...

— Est-ce que tu essaies de me dire que le parti ne se préoccupe pas assez de dégager un autre candidat, pour le cas où François Mitterrand se retirerait ?

— Je n'essaie rien de te dire du tout, précise Attali. Tu

me demandes mon avis, je te le donne, un point, c'est tout. Et à la vérité, mon avis, c'est que toi et le parti vous ne vous préoccupez pas assez, en effet, de cette éventualité... »

Le conseiller spécial de l'Élysée et le premier secrétaire du P.S. envisagent donc le scénario : qui présenter pour le cas — improbable selon Jospin, possible selon Attali — où François Mitterrand ne se représenterait pas ?

« De toute façon, commence Jospin, Rocard sera candidat. Et dans l'état actuel des choses, je pense qu'il obtiendrait la majorité des votes des militants...

— Tu plaisantes, ou quoi ? l'interrompt Attali.

— Pas du tout. Tu sais, pratiquement un membre du parti sur deux est un élu local, et la vocation des élus locaux, c'est d'être réélus ! Or, il leur faut une locomotive au niveau national, et Rocard leur paraît la seule qui soit capable de les tirer. Et puis plein de copains, même au courant A, se disent que maintenant, c'est son tour, à Rocard...

— Je ne pensais pas que ça atteignait ce point, remarque Attali (qui se dit que, décidément, Jospin s'est fort mal occupé du parti pour qu'on en arrive là)...

— Remarque, poursuit Jospin, ça ferait des dégâts terribles dans le parti, une désignation de Rocard. Surtout que, contre Rocard, Mauroy et Chevènement ne pourront pas ne pas être candidats, au moins pour prendre date, ou pour marquer des points, dans la course à Matignon...

— Comment ça ?

— Eh bien, si, mettons Chevènement, fait 27 ou 28 % contre Rocard dans le parti, il aura créé un rapport de forces tel que Rocard, s'il est élu, pourrait être forcé de le prendre comme Premier ministre pour s'amadouer toutes les forces qui comptent dans le parti...

— De la haute politique ! apprécie amèrement Attali.

— Comme tu dis, approuve Jospin. En tout cas, une bataille de ce genre laisserait des traces au sein du parti. D'autant qu'on aura droit, à mon avis, à des épisodes peu ragoûtants, avec des trahisons d'opportunistes de tout poil. Peut-on savoir à l'avance vers qui vont basculer les Delebarre, les Le Garrec, les Georgina Dufoix, et le Toutim ?

— Dis donc, c'est vraiment réjouissant, commente Attali. Tu vois un moyen d'éviter ça ?

— Je ne sais pas... Ce qui serait idéal, ce serait que, Rocard ou pas Rocard, il y ait la possibilité d'un candidat d'union, qui symbolise si bien le P.S. dans sa culture militante, qu'il pourrait abolir, au moins le temps d'une campagne présidentielle, les clivages de courants...

— Bien sûr... Mais, tu penses à qui ? A Lang ?

— Ne dis pas n'importe quoi, Jacques. Pourquoi pas Poperen, tant que tu y es ? Non, tu vois, ça me répugne de le dire, parce que tu sais combien je déteste me mettre en avant, mais au fond je crois que le seul qui puisse avoir une chance dans un tel combat, c'est le Premier secrétaire du parti. C'est moi, Jacques... »

CHAPITRE VI

Coup de Trafalgar

Dimanche, 11 h 45, rue de Solférino

Jospin est satisfait. Il est parvenu, il en est certain, à ébranler Attali, à le convaincre que sa candidature présidentielle — à défaut bien sûr de celle de François Mitterand — serait la meilleure solution pour le parti. Ce n'est pas que Jospin ait beaucoup de sympathie pour Jacques Attali — « le Wonder Kid du Président est peut-être un petit génie, mais sûrement pas en politique », se dit-il — mais, le moment venu, il pourrait s'avérer important de ne pas l'avoir contre soi...

Sur ces pensées, Lionel Jospin, qui vient d'être prévenu par le téléphone intérieur (c'était la voix de Nathalie, en bas : elle travaille même le dimanche !), se lève pour ouvrir lui-même la porte à son nouveau visiteur. Il est tout sourire en serrant la main, puissamment tendue, de Pierre Mauroy.

Le maire de Lille a son air de matou tranquille avant la pluie. Il énerve tout de suite Jospin :

« Voilà, Lionel, quoi, je ne sais pas ce que tu en penses, mais je pense que ça va casser sur le projet Pasqua, quoi

(« Pasqua, quoi », se répète mentalement Jospin, qui se retient pour ne pas pouffer), et je pense qu'il faut absolument préparer le parti, et le pays (« il oublie la planète, et la région Nord-Pas-de-Calais », se dit Jospin), les préparer à l'idée d'une candidature socialiste crédible pour l'élection présidentielle. »

Jospin dit sa conviction : que la cohabitation ira jusqu'à son terme, donc jusqu'au printemps 88, et que le Président sera candidat à sa propre succession. Mais il convient que « tout est possible » (« comme dirait Marceau Pivert », le coupe, machinalement, l'ancien Premier ministre), et qu'il faut assurément préparer une candidature de remplacement, qui recueille les suffrages des militants — « et accessoirement, ceux des électeurs », précise-t-il, perfide.

« Nous sommes donc d'accord sur l'essentiel, — résume Pierre Mauroy. Peu importe ce que nous prévoyons pour l'avenir politique immédiat. Je crois d'ailleurs, là-dessus, être plus en harmonie avec le Président de la République qu'avec toi. Mais laissons cela : le tout est d'être prêt à lancer la campagne présidentielle dans de bonnes conditions. Je pense que c'est aussi l'analyse de François Mitterrand... »

Intrigué, Jospin interroge Mauroy sur la source de ses impressions : le Président lui aurait-il dit, vendredi soir, quelque chose de décisif ? Chemin faisant, écoutant son interlocuteur, Mauroy réalise subitement que lui seul a vu le Président, vendredi soir. Il s'en étonne, Lionel Jospin évoque la fin de soirée précipitée à l'Élysée, l'évacuation, les rendez-vous remis...

L'évêque de Lille s'est tassé en arrière, dans son fauteuil. Il est fort aise. Non seulement lui seul a parlé avec François Mitterrand, mais les autres ont été éconduits sans connaître l'ordre du jour de la conversation...

« Écoute, Lionel, mettons les choses au point. Nous avons toujours eu, tous les deux, des rapports amicaux, je dirai si tu le permets, des rapports de franche camaraderie (« Ben voyons », se dit Jospin)... Alors voilà, je voudrais que les choses soient bien claires entre nous. Si le Président de la République se retire de la vie publique, j'ai l'intention de proposer ma candidature devant les camarades du parti. J'ai la conviction de représenter la fidélité aux idéaux du socialisme, et aussi l'image d'une gauche qui sait gouverner...

— Bien sûr, Pierre, mais...

— Laisse-moi terminer. Je suis convaincu que ma candidature répondra à l'espoir des militants, qu'elle barrera la route à Fabius et à Michel Rocard, et qu'elle recevra le soutien résolu de François Mitterrand...

— Mon cher Pierre, je sais que le Président t'aime beaucoup, mais de là à...

— Non, non, non, je t'arrête. Je ne peux pas t'en dire plus, mais j'ai de bonnes raisons de penser que François Mitterrand me soutiendra. Le problème d'ailleurs, aujourd'hui, n'est pas là ; ce que je voulais te dire ce matin, c'est que je compte sur ton appui personnel. Étant entendu que je saurai m'en souvenir. Je sais, Lionel, que tu as souffert de ne pas être au gouvernement, et que la nécessité de t'occuper du parti alors que nous étions au pouvoir t'a souvent pesé...

— Mais pas du tout, Pierre, tu...

— Ne dis pas le contraire, Lionel, je sais à quoi m'en tenir. Donc, je voulais que tu le saches, les choses ne seront pas pareilles avec moi à l'Elysée. Bien sûr, on ne peut pas, à l'avance, composer un gouvernement. Tout dépendra de la majorité qui se dégagera à l'Assemblée, après la dissolution (« Ben voyons — se redit Jospin — l'homme-symbole de la gauche est déjà prêt à désigner un chef de la droite à l'hôtel Matignon ! »). Mais je tiendrai en tout état de cause à ce que tu aies d'importantes responsabilités. Si Matignon nous est fermé, eh bien par exemple le Quai d'Orsay, quoi... »

Quelques secondes, Lionel Jospin a fermé les yeux. Il ne rêve pas : son visiteur ose, en échange de son soutien — en échange du soutien du parti ! — lui offrir le Quai d'Orsay, qu'on lui a refusé naguère... Jospin se sent écœuré. Il ne dira pas à Pierre Mauroy que lui-même songe à sa propre candidature : l'autre ne comprendrait pas. Il ne lui dira même pas le ridicule auquel s'exposerait une candidature Mauroy dans le parti. Non : il va abréger la conversation. Faire au moins cesser l'intolérable de cette situation grotesque. « Pierre, je te remercie de ta proposition. Mais, comme tu le dis si justement toi-même, il est vraiment bien tôt pour constituer un gouvernement. Je sais maintenant que tu es candidat, je comprends dans quel esprit. Le premier secrétaire que je suis est au service de l'ensemble des camarades. Il est trop tôt pour que je m'engage sur ce terrain. Nous organiserons le débat dans le parti dès qu'il le faudra. Aujourd'hui, François Mitterrand est Président de la République, et moi je crois qu'il souhaitera le rester. Le moment venu, nous verrons. Merci en tout cas de ta visite, et de ton offre... Je te raccompagne... »

Dimanche, 13 h 05, avenue Montaigne
(VIIIe arrondissement) studios d'Antenne 2

Jacques Toubon a une mine réjouie. Le journaliste, Jacques Hébert — tout récemment nommé à la tête du service politique d'A2 —, vient de lui demander comment il explique la tonalité de l'interview de Jacques Chirac, hier à l'A.F.P.

« Vraiment — répond-il, en accentuant encore son rire forcé — je m'étonne de votre étonnement. Le Premier ministre ne fait que redire ce qu'il a toujours dit. Nous sommes, nous avons toujours été, les meilleurs défenseurs de la Ve République. Or, la Ve République suppose la cohabitation entre un Président de la République et un Premier ministre, même s'ils ne sont pas du même bord. Eh bien, Jacques Chirac s'y plie très volontiers. C'est la loi de la démocratie, et nous sommes, vous le savez, au R.P.R., des démocrates convaincus, et même si vous le permettez, des démocrates ardents.

— Mais Jacques Chirac va plus loin — le relance le journaliste —, il trouve, je cite, que « la cohabitation est une bonne chose parce qu'elle pacifie notre vie politique »...

— Eh bien oui, sous une autre forme je viens de vous dire la même chose. La démocratie, c'est une vie politique pacifiée, vous savez les Français en ont assez de cette guerre entre deux camps apparemment irréconciliables, la droite, la gauche... La cohabitation nous a appris à tous que l'on pouvait se parler sans problèmes. Vous voyez, la grande découverte, de la droite et de la gauche, c'est que nous parlons tous français !

— Sans doute — insiste Hébert — mais Jacques Chirac va jusqu'à évoquer, je cite, le « sentiment de plaisir » qu'il éprouve à travailler avec le Président de la République...

— Si vous citez, citez exactement je vous prie. Le Premier ministre dit qu'il a du plaisir à *s'entretenir* avec M. Mitterrand. Eh bien, je ne vois pas ce qui vous surprend. Tout le monde sait que le président Mitterrand est quelqu'un d'habile et d'intelligent, on a donc forcément du plaisir à parler avec lui... Vous voyez, il faudra que les journalistes finissent par le comprendre. Vous ne parlez tous que de la future élection présidentielle, comme si nous étions les uns et les autres — et d'abord nous, au R.P.R. — pressés d'en découdre. C'est totalement inexact. Nous sommes heureux, c'est vrai, de gouverner et de redresser la situation de la France. Mais le calendrier normal des institutions nous convient parfaitement, et nous ne souhaitons aucune espèce de crise avec M. Mitterrand, qui jusqu'ici a, lui-même, parfaitement respecté la lettre et l'esprit de la Constitution. Laissons les choses se faire tranquillement, dans la bonne coopération, je vous assure, c'est la meilleure des solutions pour la France...

— Une dernière question, Jacques Toubon, vous avez vu cette enquête de nos confrères du *Journal du Dimanche*, qui s'inquiètent de ce que le Président de la République peut bien faire ce week-end...

— Là encore, Jacques Hébert, ne vous attendez pas à ce que je hurle avec les loups. Le Président de la République a tout de même bien le droit de se reposer où il l'entend, sans avoir à convoquer la presse pour communiquer la liste des émissions de télévision qu'il souhaite regarder en famille ! Je vois là, une fois de plus, le symptôme d'un décalage entre les vraies préoccupations des Français et la petite lorgnette à travers laquelle certains veulent continuer à voir le monde des responsables politiques... »

Pendant que le présentateur du journal lance le sujet suivant, Jacques Toubon se penche vers Jacques Hébert :

« Ça allait ?

— Parfait, tu as été très bon ! », souffle le journaliste.

Dimanche, 13 h 15, rue de Valois,
dans la salle à manger du ministre de la Culture

Avant de passer à table, les convives de François Léotard discutent debout, avec leur hôte, devant la petite desserte où trônent les apéritifs. On parle, bien sûr, du *Journal du Dimanche.* Alain Madelin arrive, un peu en retard, essoufflé et passablement énervé :

« Je viens de voir Toubon au journal d'Antenne 2. Il se fout carrément du monde. Non seulement il en a rajouté dans la petite comédie cohabitationniste d'hier de Chirac, mais il n'a parlé que du R.P.R., jamais de la majorité... Moi, je commence franchement à en avoir marre, de ces mecs et de leurs méthodes...

— Reste calme, Alain — intervient François Léotard — passons à table, faisons un ordre du jour et sérions les problèmes. »

Les problèmes, à vrai dire, sont nombreux.

C'est François Léotard qui attaque. Il est mécontent :

son nouveau projet de loi sur la presse n'a pas l'air d'intéresser du tout le cabinet du Premier ministre : « J'ai l'impression qu'ils m'ont fait plancher pour rien, et qu'au fond ils se satisfont très bien du texte voté en 86 ; le groupe sénatorial du R.P.R. n'arrête pas de nous chercher la petite bête à propos de la préservation du patrimoine ; quant aux idées et propositions libérales que nous avons transmises à Jacques Chirac pour rendre admissible le projet de loi Pasqua sur la sécurité, *aucune* n'a été retenue. »

« Ça va mal, il ne faut pas se le cacher », martèle le ministre de la Culture. Jusqu'à maintenant, l'alliance avec Chirac portait beaucoup de fruits, mais ce n'est plus le cas maintenant. J'ai pu évoquer brièvement le problème avec lui la semaine dernière, eh bien il m'a proprement envoyé sur les roses !

— Tu as raison, ça va mal, renchérit Alain Madelin. Le libéralisme est dans toutes les bouches, mais les libéraux sont sur la touche. Balladur prend de plus en plus de place. Et en même temps il fait traîner le calendrier des privatisations industrielles. J'ai un peu l'impression qu'ils se sont servis de nous, qu'ils sont prêts à le faire à nouveau en cas d'élection présidentielle pour emmerder Giscard et Barre, mais qu'en ce moment ils se foutent carrément de nous...

— Nous sommes quand même ministres, fait remarquer Jacques Douffiagues, mais personne ne l'écoute.

— Pour ce qui me concerne, intervient Gérard Longuet, je pourrais vous dire la même chose à propos des Télécom. Mais je ne vais pas vous ennuyer avec des histoires sectorielles. En fait, j'y réfléchis depuis hier. Ma conviction, c'est qu'il faut qu'on reprenne l'offensive politique, on est en train de se faire entuber par le R.P.R. Nous n'avons plus d'autonomie politique réelle par rapport à Chirac, qui croit savoir qu'on lui est acquis *perinde ac cadaver.* Alors, ce que je crois, c'est qu'il faut qu'on s'ouvre un espace politique, pour bien montrer notre autonomie et élargir notre marge de manœuvre. Et je ne vois qu'un moyen : il faut faire un coup de Trafalgar à Chirac, démissionner, avec éclat, du gouvernement... »

De véritables clameurs saluent la conclusion du secrétaire d'État aux P.T.T. Patrice Duhamel, qui était en train de boire un verre de Vittel, s'étrangle littéralement. Jacques Douffiagues se récrie.

« Tu n'y penses pas ! »

Le premier à s'exprimer, de manière articulée, est Alain Madelin :

« C'est marrant, ce que vient de dire Gé-gé, parce que moi je n'étais pas allé tout à fait jusqu'à la même conclusion, mais au fond, depuis quelques semaines je fais la même analyse. Chirac nous a totalement enfermés, et dans l'épure actuelle on est forcés de le soutenir aux présidentielles, au second tour, après un mauvais premier tour de Léo, puisque notre candidat aura eu l'air de cracher dans la soupe chiraquienne après y avoir goûté avec délices sans avoir jamais rien dit ! Les électeurs ne comprendront pas la candidature de Léo, face à Chirac, au premier tour, si pendant toutes les années du pouvoir on s'est contenté, de dire *amen* et bravo à Chirac. L'idée de la démission maintenant n'est donc pas à écarter. D'autant que la situation générale sent mauvais. Cette absence de Mitterrand, le numéro de Chirac sur la cohabitation, à mon avis ils sont en train de prendre leurs marques, et on devrait prendre les nôtres aussi ! »

Dès lors, la discussion du petit groupe n'a plus qu'un objet : démissionner ou rester? Plus on examine les arguments, plus Longuet et Madelin en tiennent pour la démission. Douffiagues et Borvo sont contre. Duhamel et Raffarin sont réservés et hésitants. C'est François Léotard qui, finalement, « emporte le morceau » :

« Bon, plus je réfléchis, mieux je discerne ce qu'il faut faire. Nous avons besoin, c'est vrai, de retrouver un espace politique pour le libéralisme. Nous avons besoin de nous démarquer de Chirac et de faire sonner notre petite musique libérale à nous. Mais nous ne devons pas le faire sur les secteurs ministériels dont nous avons la charge. L'opinion publique ne comprendrait pas une crise ouverte sur la culture, ou sur les Télécom. La vitesse des privatisations, l'opinion s'en moque. Je repense à ce que nous expliquait Jérôme Jaffré, le gars de la SOFRES, l'autre jour, à propos de notre électorat : ce sur quoi nos supporters sont le plus critiques à l'égard du gouvernement, c'est sur Pasqua et ses projets musclés. Voilà à mon avis le bon terrain. On a trop réduit dans la presse le libéralisme à sa dimension économique. Il faut rappeler que c'est d'abord une philosophie politique, faite de mesure, de respect de la démocratie et des droits de l'homme.

— Très bien, approuve Gérard Longuet.

— Donc, poursuit Léotard, la bonne formule me paraît être une démission qui annonce la couleur politique — libérale — de ma campagne présidentielle, et qui prenne comme prétexte, pardon, comme raison, le projet Pasqua.

— Très astucieux, opine encore Gérard Longuet.

— Mais, précise Léotard, je ne pense pas que nous

devions *tous* démissionner. Je pense que c'est à moi de démissionner, seul, du gouvernement.

— Ah bon ? s'enquiert, intéressé, Jacques Douffiagues, au fond peu enclin, pour ce qui le concerne, à abandonner son maroquin.

— Oui, explique François Léotard. Une démission collective entamerait une crise politique de première envergure, et nous ferait désigner du doigt comme les responsables de la crise, des déchireurs d'unité, des irresponsables. Au contraire, une démision de moi, seulement, s'accompagnant d'un appel à mes amis les invitant à rester au gouvernement, sera plus symbolique politiquement, et la personnalisation même du geste aura une tonalité plus clairement pré-présidentielle : rappelez-vous la démission de Rocard ! A partir de là, on me met sur orbite comme candidat, politiquement autonome dans tous les sens du mot. »

Tel ou tel a beau protester mollement, tous sentent bien, en définitive, que c'est bien là la seule solution réaliste pour le moment. De brefs instants, François Léotard n'écoute plus ses amis. Son regard se porte vers la fenêtre, vers les jardins du Palais-Royal. Dire qu'il a été mécontent, au début, de s'installer ici, lui qui avait souhaité le portefeuille de la Défense ! Dire qu'il a mille fois enragé d'être embourbé ici, dans ces admirables bureaux, à devoir traiter des dossiers secondaires ! Et dire que maintenant il va falloir quitter tout cela ! Oublier — un temps ? — le confort du pouvoir, la douceur du fonctionnement huilé de l'État, la servilité des hauts fonctionnaires, l'efficacité du cabinet, le libre choix dans les collections d'État de ces toiles accrochées au mur de la salle à manger... Dire qu'il va falloir replonger dans le vide, retrouver l'austère bureau du parti républicain, entamer cette traversée du désert qui peut-être débouchera — un jour : quand ? — sur l'Elysée, ou sur Matignon. Peut-être, mais peut-être pas... De brefs instants. François Léotard n'entend plus ses amis. Mais il perçoit, par la fenêtre, les enfants qui jouent dans les jardins du Palais-Royal.

Tout doucement, le plan de bataille de la « bande à Léo » se met en place. On fait la liste de tout ce qu'il sera utile de faire dans les heures à venir.

Un projet de texte, annonçant et expliquant la démission du ministre de la Culture et de la Communication ; une prise de rendez-vous préalable avec Jacques Chirac pour l'informer officiellement — c'est l'épisode qui, à l'avance, chagrine le plus François Léotard ; un coup de téléphone à l'Élysée, pour ne pas avoir l'air d'oublier le Président de la République ; des contacts avec les journalistes qui comptent le plus.

Chacun, en cette minute, sent frissonner le vent de l'histoire. Sinon celui de l'épopée.

Dimanche, 16 heures, boulevard Saint-Germain

C'est décidément le « format » des réunions politiques ce week-end : ils sont une trentaine, autour de leur patron, à s'entasser dans cette salle pas trop grande, pas trop confortable, de la permanence de Raymond Barre. Les députés sont ceux qui parlent le plus. Mestre, Millon et d'Aubert surtout. Au moment où Raymond Barre fait son entrée, on discute, bien sûr, de l'interview de Jacques Chirac à l'A.F.P. Le « délire cohabitationniste », selon l'expression de Pierre Méhaignerie, atteint des proportions inquiétantes. Il cache probablement l'entrée dans la dernière ligne droite, le début de la phase finale de la partie de bras de fer Mitterrand/Chirac... Il faut, c'est l'évidence — tout le monde en convient — faire entrer le « barrisme » dans la danse, faute d'être disqualifié pour la suite. Mais comment ?

Raymond Barre n'est là que depuis vingt minutes. Il a écouté quelques intervenants, et commence visiblement à perdre patience, si l'on en juge par la curieuse façon qu'il a de se tortiller sur sa chaise. Il prend la parole.

« Mes chers amis, je suis tout à fait d'accord avec vous. La plaisanterie commence à trop durer, et j'ai la conviction que, confusément, les Français sont en train d'en prendre conscience. Vous avez raison, il convient de dessiner à leurs yeux une autre perspective que cet *embrassons-nous Folleville,* folklorique et répétitif. Vous vous demandez comment le faire. Je sais bien que vous vous posez cette question parce que vous êtes convaincus de ma décision de prolonger mon silence. Mes chers amis, vous faites erreur. »

Un murmure d'aise parcourt l'assistance. Le Patron a donc décidé de faire tonner la foudre. Le silence se fait religieux cependant qu'il poursuit :

« Il est temps pour moi de parler, puisque, une fois encore, les faits me donnent raison. Il est temps d'appeler la France au réveil national. Je suggère donc deux initiatives. D'abord, je parlerai, et je vais tout de suite vous donner lecture d'un court texte que j'ai préparé, et sur lequel vos avis me seront bien sûr précieux. Et puis il faudra organiser, par-derrière (il dit cela sur un ton éminemment sarcastique) une — comment dirait-on... — une opération politique de relais. J'y reviendrai. Mais tout de suite le texte, que je pourrais par exemple donner à l'A.F.P. tout à l'heure. Le voici.

« Françaises, Français, mes chers compatriotes.

« Contrairement à beaucoup de ceux qui prétendent parler en votre nom, je n'ai pas, ces derniers mois, abusé de l'usage de la parole. Si j'ai décidé de m'exprimer aujourd'hui, c'est que je juge la situation sérieuse. Une majorité nouvelle s'est dégagée des urnes en mars 1986, sur la base d'engagements clairs pris devant le pays tout entier. Un gouvernement a été mis en place, que j'ai depuis lors soutenu fidèlement de mes votes et de mes encouragements, même si j'étais sans illusion sur les possibilités réelles d'agir, alors que le Président de la République, M. François Mitterrand, restait en fonction.

« De fait, malgré la valeur des hommes — qui n'est pas en cause — le gouvernement a été empêché d'entraîner la France vers son renouveau. Les causes principales des maux créés par la gestion socialiste précédente n'ont pas été effacées, ni même sérieusement attaquées. Les indices du commerce extérieur, de l'investissement, de la marge des entreprises, le taux de l'inflation de la France comparé à celui de nos principaux partenaires, demeurent obstinément médiocres. Comme on pouvait s'y attendre malgré de vaines promesses, les racines du chômage n'ont pas été atteintes. Au contraire même, à un déferlement idéologique dépassé a succédé une nouvelle illusion lyrique, celle d'un prétendu néo-libéralisme, qui confond la nécessaire souplesse de l'économie et la nécessaire désétatisation de notre appareil productif, avec la liberté du renard dans le poulailler. On ne modernise pas la France à coups d'idéologie. Ce dont le pays a besoin, c'est d'audace et de rigueur dans la gestion. C'est donc d'un pouvoir capable de l'entraîner vers les sommets. Cela n'est pas possible dans la confusion permanente de la cohabitation politique.

« On le voit aujourd'hui. La simple absence de quelques heures du Président de la République fait fantasmer les Rouletabille et s'alarmer le clan des politiciens. Et le Premier ministre croit nécessaire de nous informer de ses bons rapports de concubinage avec un Président socialiste qu'il brûle pourtant de remplacer. La gravité des problèmes posés à l'économie française, la nécessité d'une redéfinition du rôle de l'État, le déclin de notre prestige dans le monde, interdisent qu'on se contente de sourire d'une telle situation. Il faut y mettre fin et travailler hardiment au salut, au redressement et au renouveau.

« J'en appelle donc à la responsabilité de ceux qui exercent aujourd'hui le pouvoir. Il est temps qu'une politique — et une seule — soit menée à la tête de l'État. Il faut savoir arrêter une erreur. Pour ma part, je suis prêt à contribuer, dans les conditions que définirait le suffrage universel, à ce travail au service de la France et des Français. Qu'on n'attende pas de moi, en revanche, un appui sans principes à une combinaison politicienne sans avenir. »

Raymond Barre arrête sa lecture, enlève ses lunettes, et regarde l'assistance amie en souriant. L'économiste Jean-Claude Casanova, la mine réjouie, se retourne vers son voisin. Pierre-André Wiltzer, et lui glisse à l'oreille : « Cette fois, ça y est, on y va ! »

Mais Raymond Barre a déjà repris la parole.

« Mes chers amis, pour que nous ayons une bonne discussion, je crois qu'il est nécessaire que j'ajoute deux mots du dispositif politique que j'imagine à partir de là. Il me semble que, ce texte étant diffusé, je ne dois personnellement plus ouvrir la bouche pendant quelques jours. Mais on pourrait exploiter ces quelques journées, d'une part pour que certains d'entre vous s'expriment dans les organes de presse et de télévision pour livrer une exégèse de manière que chacun, même parmi les plus sots, comprenne bien qui est visé et ce que je vise. Et puis, d'autre part, il me semble que le CDS, en tant que tel, pourrait réunir quelque instance, qui pourrait évoquer ma candidature présidentielle, ou peut-être la souhaiter. Ou peut-être encore convoquer un congrès pour appuyer cette candidature. Il est bien évident que je ne ferai en ce qui me concerne aucune démarche envers le CDS, mais que je suis prêt à aller parler devant sa réunion nationale si cette formation fait appel à moi publiquement. Cela ne concerne que certains de ceux qui sont présents — et du reste je ne vois pas ici Bernard Stasi — mais je souhaiterais notamment que Méhaignerie et Alphandéry réagissent sur ce point. Voilà. Je crois qu'on peut engager une petite discussion d'ensemble... »

En une heure, cette discussion sera bouclée. Sur le texte, les réactions sont unanimement élogieuses. Personne n'ose suggérer la moindre amodiation, le moindre amendement. « C'est gaullien », dit Mestre. « C'est même du de Gaulle de la grande époque », précise Wiltzer, qui se rappelle avoir jadis rédigé un mémoire d'étudiant sur le R.P.F...

Pas de divergence non plus quant à l'opportunité de l'intervention du patron. Au fond, tout le monde l'espérait, la souhaitait, en rêvait depuis des semaines. Qu'elle se produise à l'initiative même de Barre tient plutôt de la divine surprise.

Un léger débat est suscité par la forme même de l'intervention prévue. Jacques Alexandre — chargé depuis des années de faire passer le message barriste auprès de la presse tout en l'empêchant de savoir quoi que ce soit de précis approuve son chef de file : la formule de la déclaration à l'A.F.P. est la bonne. Jacques Bille, qui fut à la tête du Service d'information et de diffusion « du temps de Matignon » souhaite plutôt, étant donné le caractère fracassant de l'initiative, une déclaration devant les caméras des chaînes de télévision. A Paris ou à Lyon ? La question suscite quelques rires, vite étouffés : à Paris évidemment.

La petite assemblée — et d'ailleurs finalement Raymond Barre lui-même — penchent plutôt pour la formule Bille, à la double condition qu'elle soit praticable aujourd'hui même, pour une diffusion dans les journaux de 20 heures, et que ce soit bien une « déclaration » solennelle, sans questions des journalistes, et non pas une conférence de presse. Bille croit pouvoir assurer ces deux conditions, et part, flanqué d'Alexandre, dans la pièce à côté pour monter l'affaire.

Quant à l'opération C.D.S., elle ne pose à l'évidence aucun problème à Pierre Méhaignerie qui, visiblement, l'a préparée de longue date. On envisage encore les autres contacts utiles, à faire fructifier dans la période qui s'ouvre : du côté des « non-léotardiens » du parti républicain, du côté du Sénat, du côté de « personnalités gaullistes qui sont réservées à l'égard de Chirac » comme dit le député Charles Millon. Raymond Barre précise par ailleurs qu'il envisage de rencontrer « au su et au vu de la presse », Jean Lecanuet, Valéry Giscard d'Estaing, Alain Poher et Jean-Marie Le Pen. « Puisque les journalistes adorent la ratatouille politicienne, nous allons les en gaver », ajoute-t-il avec un large sourire. On est sur le point de se séparer, lorsque Jacques Alexandre et Jacques Bille reviennent dans la salle, avec des mines de comploteurs après un hold-up réussi : ça marche pour la télé ce soir !

Dimanche, 16 h 55, rue de Rivoli

La voiture de Jacques Attali va tourner à droite, et emprunter la rue des Pyramides. Le conseiller spécial, pensif, n'écoute pas vraiment les histoires que lui raconte le policier chargé de sa sécurité, et qui sont censées, s'il a bien compris, illustrer le thème de la continuité de l'État. Tout à coup, pourtant, il dresse l'oreille :

« Qu'est-ce que vous dites, au juste ? A l'Élysée, un type de la sécurité travaille aussi pour Barre ?

— Non, m'sieur Attali, j'ai pas exactement dit ça, je me le permettrais pas, sans preuves. Ce que je sais, c'est que Martinez, qui est à la sécurité à l'Élysée, a travaillé à Matignon du temps de M. Barre, et qu'il lui est resté très attaché. Il n'arrête pas, dans les conversations, de comparer M. Barre et M. Mitterrand, et c'est toujours pour dire que le seul des deux qui n'ait jamais trompé les Français, c'est bel et bien M. Barre...

— Ah ? Ah ? — Attali, intéressé, incite le policier à poursuivre.

— Ben oui, et il se trouve, à ce qu'on m'a dit, que Martinez, ces derniers temps, en dehors de son service bien sûr, ferait des heures sup chez les amis de M. Barre, entre autres pour les services d'ordre de leurs meetings...

— Tiens, tiens, fait Attali. C'est donc le soir, ses heures de liberté à votre Martinez ?

— Ben non, ça dépend, c'est le soir une semaine sur deux, seulement... »

Attali sort un petit carnet, note le nom de ce Martinez : il fera vérifier, tout à l'heure, par Bianco et Prouteau : assurément, on imagine mal le bon professeur Barre armer le bras de meurtriers, mais sait-on jamais où l'ambition peut conduire un groupe d'hommes politiques — les adjoints, les « seconds couteaux » aussi bien que les chefs ? Et puis ce Barre est tout de même un monsieur qui n'a jamais été très net quant à ses relations avec Le Pen...

L'auto s'est arrêtée place Vendôme, devant l'hôtel Ritz. Jacques Attali va directement au bar, s'assied devant une table, et commande un Vichy-fraise, qu'il va siroter en attendant Laurent Fabius.

Pour la centième fois de la journée, il refait le point, mentalement. Côté enquête, il n'a toujours pas de réponse de Prouteau, pour le moment, concernant le chauffeur de Chirac. Il semble que Jospin et Joxe soient hors de cause, s'ils ne se sont pas quittés des yeux. En revanche, Mauroy, Rocard et Fabius restent des suspects possibles : ils ont pu avoir accès au bureau du Président ; ils avaient un puissant motif (leur candidature à l'Élysée) ; et ils ont tous trois commis des bizarreries depuis vendredi soir. Cela dit, Jospin peut avancer le nom de Joxe comme témoin, pour faire éventuellement oublier que lui-même serait sorti du bureau de Colliard : il faudra recouper ce témoignage avec celui de Pierre Joxe.

Côté mise en place de la candidature présidentielle, Attali s'avoue plus perplexe encore. On savait déjà Rocard candidat ; voici que Mauroy puis Jospin lui ont clairement dit l'être aussi. Quoi penser ? Jospin n'a pas tort d'estimer qu'une candidature Rocard serait catastrophique pour le parti — et d'abord pour les « mitterrandistes » : Rocard, élu, ne leur renverra sûrement pas l'ascenseur, et le personnel mitterrandiste se trouvera écarté du pouvoir, sauf quelques aumônes — comme cela a été le cas du personnel rocardien entre 81 et 86... Mais répondre à cela par une candidature Jospin ne présente pas que des avantages. Pour le parti cela permettrait, il est vrai, de colmater les brèches. Mais l'inconvénient de Jospin, c'est qu'il sera battu. Il fera, comme diraient les journalistes, une « bonne campagne » — comme ils ont dit aux européennes de 84 ou en Haute-Garonne en 86 — mais il mordra la poussière. Mauroy présente le double inconvénient d'être dépassé et de n'avoir aucune chance. Quant à Fabius, il ne sera pas accepté, pas encore, par le parti — dont tous les leaders ont, d'ailleurs, de bonnes raisons de le détester. Que faire ? Peut-être qu'après tout, Jospin...

Arrive Laurent Fabius, amical, un peu tendu — Attali s'en aperçoit tout de suite, à cette façon qu'il a, dans ces moments-là, de lever un sourcil plus haut que l'autre.

« Tu vas bien, Jacques ? Qu'est-ce qui se passe ? »

Attali ressert à Fabius le petit numéro qu'il a mis au point. Autant cela avait « marché » avec Jospin, autant il sent Laurent Fabius sur ses gardes, presque méfiant. Non, Fabius n'a rien remarqué de spécial vendredi soir...

« En tout cas — précise-t-il — rien jusqu'à votre intervention, à Bianco et à toi. Là, j'ai bien senti que quelque chose « clochait ». Je te l'ai dit, du reste, en partant, tu te rappelles ?

— Oui, en effet, se remémore Attali. Maintenant, tu comprends...

— Ouais », rétorque l'autre, comme à moitié convaincu.

Attali, lui, comprend qu'il ne tirera rien de l'ancien Premier ministre : ou celui-ci n'a rien vu, ou il a quelque chose à se reprocher, ou il ne veut rien dire. En tout cas il prétend ne pas être en mesure de dire qui a fait quoi. Lui-même s'est absenté à plusieurs reprises du bureau de Colliard, vendredi, notamment pour téléphoner — sur ce point, il confirme en tout cas le témoignage de Jospin et son absence d'alibi. Mais il ne peut donc pas être affirmatif sur les allées et venues des uns et des autres...

Même chose en ce qui concerne les présidentielles : Attali sait bien qu'il souhaite un jour pouvoir briguer l'Élysée, mais pour l'heure le Président Mitterrand est le seul candidat valable à sa propre succession, et ce n'est pas lui, Fabius, qui se permettrait d'envisager une autre hypothèse.

« Je vais te dire mieux, Jacques, toute autre hypothèse me paraît exclue, ce n'est même pas la peine d'en parler... »

[illegible]

[illegible]

[illegible]

[illegible]

[illegible]

[illegible]

[illegible]

CHAPITRE VII

Coup de bambou

Dimanche, 17 h 10, rue de Varenne, hôtel Matignon

François Léotard se l'avoue, en montant les marches qui conduisent à l'étage du Premier ministre : il a le trac ; il mesure l'énormité de ce qu'il va devoir dire, dans quelques minutes, à Jacques Chirac. Il est sûr que l'autre va très mal le prendre. L'orage risque même d'être terrible : ce gouvernement n'est-il pas construit sur l'axe RPR-Léotard ? N'est-il pas vrai que Chirac a tout fait pour protéger ses alliés du parti républicain, depuis la formation de ce gouvernement où, dès l'origine, il s'était arrangé pour ne prendre ni Lecanuet, ni Giscard, ni Dailly, ni Poher... ? César va-t-il le traiter de Brutus ?

Le secrétaire général du P.R. n'en mène pas large, lorsque, après deux minutes d'attente, l'huissier lui ouvre la porte et annonce cérémonieusement « Monsieur le ministre de la Culture et de la Communication ».

Jacques Chirac est plus que souriant, il est affectueux :

« Qu'est-ce qui se passe d'urgent ? Pourquoi une demande si pressante ?

— Monsieur le Premier ministre — articule Léotard, en

une phrase qu'il a répétée plusieurs fois en chemin — je suis vraiment navré, mais je viens vous présenter, sans qu'il soit loisible d'en discuter, ma démission du gouvernement.

— Qu'est-ce que tu me chantes, François, qu'est-ce que c'est que cette histoire ? » demande, abasourdi, l'hôte des lieux, qui visiblement, ne comprend pas.

Et Léotard se met en devoir d'expliquer à Jacques Chirac les motifs politiques de son acte. Il tend, au passage, au Premier ministre, le texte qui tout à l'heure, sera donné à la presse.

C'est peu dire que Chirac ne fait pas contre mauvaise fortune bon cœur. L'entrevue est plus pénible encore que ne l'avait craint le ministre démissionnaire. Tout y passe : « c'est incompréhensible », « c'est insensé », « c'est un coup de poignard dans le dos », « c'est proprement scandaleux : votre petit groupe n'existe politiquement que parce que je vous ai pris comme alliés », « c'est toujours du côté des amis que viennent les nouvelles les plus épouvantables », « tu vas être complètement isolé, tu es foutu, tu te suicides »...

Curieusement, François Léotard — au début, petit garçon en culottes courtes devant le surveillant général — a le sentiment de grandir, brusquement. Sous le reproche, la critique, l'invective, il prend conscience de sa propre importance. Têtu, mais souriant, il répète, obstinément, les quelques phrases de ce qui sera son communiqué public, dont il ne veut surtout point dévier. C'est tout juste si l'on pourrait remarquer que son cou et ses joues portent de petites traces de rougeur.

Jacques Chirac lui demande si les « mousquetaires de la bande à Léo » vont être solidaires de cette démission :

Léotard ne lui cache pas que la question a été évoquée entre eux mais qu'ils y ont répondu par la négative, « pour ne pas provoquer de crise majeure et ne pas faire le jeu de l'opposition », ce qui a le don d'exaspérer le chef du gouvernement. Chirac demande aussi si les amis de Léotard vont cesser de soutenir le gouvernement à l'Assemblée, Léotard est apaisant sur ce point.

Mais Jacques Chirac n'en démord pas : le ministre a-t-il bien mesuré sa responsabilité ? Aucune négociation n'est-elle possible, fût-ce dans la perspective de l'élection présidentielle ? Léotard a-t-il réfléchi à son avenir pour le cas où lui, Chirac, deviendrait Président de la République ? Le maire de Fréjus tremble sous la menace du maire de Paris. Mais il tient bon :

« Ce n'est pas aujourd'hui l'ordre du jour. Nous discuterons présidentielles le moment venu...

— Très bien, rétorque le Premier ministre, livide. Retire-toi, maintenant. Mais écoute bien ce que je te dis ; et souviens-t'en : tu ne l'emporteras pas en paradis. Tu paieras pour cette trahison ! »

C'est cette dernière phrase — hurlée plutôt que dite — qu'entendra l'huissier, et qui sera reproduite, mercredi dans *Le Canard enchaîné.*

Dimanche, 18 h 15, quai de l'Horloge

Comme convenu le matin même, Jacques Attali rend visite à Pierre Joxe, rentré quelques minutes plus tôt seulement de Chalon. Il reprend le scénario suivi déjà avec

Jospin et avec Fabius. Pierre Joxe reconstitue pour lui, sans se faire prier, le film de sa soirée de vendredi.

« A vrai dire, tu me rassures un peu, tu sais, affirme le président du groupe socialiste à l'Assemblée nationale. Je n'avais pas cru du tout à cette histoire de bruits bizarres et de départ précipité de François Mitterrand. Je comprends mieux s'il s'agissait de l'intrusion silencieuse d'individus étrangers suspects... »

Attali n'a pas dit « étrangers », mais peu importe... Joxe en tout cas confirme en tout point la version de Jospin. Lui-même n'a pas quitté le bureau de Colliard, et le premier secrétaire du P.S. non plus. En revanche, Rocard et Fabius se sont baladés à l'étage.

« Cela fait vraiment deux suspects de moins », se dit Attali : il n'y a aucune raison que Joxe et Jospin se couvrent mutuellement. Les voici donc hors de cause. Restent Mauroy, Rocard, Fabius, et puis le chauffeur de Chirac. Sans compter la piste iranienne. Mais celle-là, c'est Prouteau qui s'en charge. Et puis ce Martinez, le M. Muscle de Barre.

Attali aborde ensuite l'actualité politique :

« Je ne sais pas si tu as raison d'ameuter comme ça le courant A et de susciter une pression pour une candidature Mitterrand, sans même en référer au Président...

— Excuse-moi d'en être le seul juge ! Ce que je peux te dire, c'est que ça part du feu de Dieu. Les échos sont formidables de la France entière. Tu verras demain : il y aura déjà des centaines de télégrammes, des motions, des articles dans la presse de province...

— Oh ça, j'en suis sûr, remarque Attali, l'air sombre. Mais tu vois, je ne suis pas sûr que ce soit une bonne méthode. Comment peux-tu parier que le Président souhaite, et puisse à nouveau être candidat ?

— S'il le veut, il le peut et le tout est en effet qu'il le veuille bien...

— A mon avis, c'est plus compliqué que cela, Pierre...

— De toute façon, on discutera de ça dans quelques semaines. Je suis sûr que Mitterrand est furieux, maintenant, que Mermaz et moi on appelle publiquement à le soutenir, sans en référer à lui, comme tu dis. Mais tu verras en définitive, il sera très content...

— Ça m'étonnerait, Pierre », se contente d'objecter le conseiller spécial, de plus en plus sombre.

18 h 25, sur tous les téléscripteurs de l'A.F.P.

M. François Léotard, ministre de la Culture et de la Communication a remis cet après-midi à M. Jacques Chirac, Premier ministre, sa démission du gouvernement. Il a déclaré à l'A.F.P. : « Je quitte avec regret le ministère de la Culture et de la Communication, où j'avais commencé une œuvre qui n'est pas terminée. Mais mon maintien au sein du gouvernement n'aurait plus de signification dans la mesure où les thèses libérales dont je suis le porte-parole sont aujourd'hui mises sous le boisseau. Le projet de loi sécuritaire proposé par M. Charles Pasqua et accepté par M. le Premier ministre mérite un vaste débat public, auquel j'entends participer librement en ma qualité de secrétaire général du parti républicain. Il me semble de la plus haute importance d'attirer l'attention de l'opinion sur les valeurs universelles de respect des droits de l'homme et de la démocratie, et je veux croire que dégagé des contraintes de la solidarité ministérielle, je pourrai être à même de peser pour que le texte prévu soit fortement amendé en ce qui concerne notamment la garde à vue, les droits de la défense et la liberté d'action des moyens de communication de masse. A un moment où certains croient utile... »

A suivre...

(A.F.P. démission Léotard suite)... de chanter les louanges de la cohabitation, je pense sans chercher aucune dramatisation que la discussion publique doit se manifester à l'intérieur même de la majorité sur les thèmes essentiels qui concernent l'avenir de l'homme et de la société. Ma démission vise donc à permettre ce débat et à mieux faire entendre la voix libérale. Il ne s'agit en aucun cas de déclencher une crise politique et j'invite de manière pressante mes amis politiques à continuer leur tâche au sein du gouvernement de M. Jacques Chirac. La majorité continue. Mais j'y parlerai personnellement plus fort. Cela me paraît d'autant plus nécessaire que la prochaine consultation présidentielle où j'entends être présent doit permettre au peuple français de choisir son destin en toute connaissance des options de chacun. » (FIN).

Dimanche, 18 h 30, hôtel Matignon

Jacques Chirac s'est d'abord senti abattu par le coup de bambou qu'a été son entretien avec François Léotard. Mais il s'est vite ressaisi. Il a tout de suite appelé Édouard

Balladur, qui l'a rejoint dans son bureau. Le ministre d'État paraît très calme, comme s'il s'attendait à la nouvelle depuis longtemps. Il insiste sur la nécessité de l'heure : nommer immédiatement un successeur à Léotard, ne pas laisser la crise s'envenimer, faire comme si rien d'extraordinaire ne se passait. Prendre Léotard au mot : il n'y a pas de crise dans la majorité.

« D'ailleurs, commente le ministre des Finances, d'un mal peut sortir un bien. D'une part, Léo va avoir l'air d'emboîter le pas aux socialistes sur la sécurité, qui reste quand même un thème très fort pour nous dans l'opinion. Il risque de voir son champ politique se rétrécir : il n'y a pas de place pour un centre dans la Vᵉ République ! Et puis, d'autre part, ça peut être très bon pour les présidentielles : avec un Léo jouant les libéraux la main sur le cœur, il ratissera plus large au premier tour, et ce sera autant de voix qu'on récupérera au second ! »

Jacques Chirac ne se demande pas s'il n'y a pas une vague contradiction entre les deux termes de l'analyse : il est admiratif devant la finesse d'analyse prospective de Balladur. Cela dit, il faut faire vite : le nom du successeur de Léotard doit être annoncé dès les journaux télévisés de 20 heures, pour amortir le choc de l'annonce de la démission.

Première idée : le remplacer par un de ses petits camarades de parti comme pour lui faire un pied-de-nez. Mais, outre que tous ses amis paraissent déjà être ministres, l'idée ne paraît guère recevable : cela passerait trop pour une provocation.

Autre possibilité, écartée elle aussi rapidement : nommer Toubon. Là encore la « provoc », selon le mot de Jacques Chirac, serait trop évidente. « Cela accréditerait l'image de sectarisme que Léo va essayer de nous coller », souligne Balladur. Et puis cela pourrait acculer à la démission Madelin, Longuet et Douffiagues. Pour le coup, la crise serait là.

Non : la bonne idée serait de nommer un centriste, poursuit le ministre des Finances. Pourquoi pas un barriste ? Oui, un barriste, ce serait une excellente chose : cela couperait un peu d'herbe sous les pieds des « libéraux »...

A tout seigneur, tout honneur : Jacques Chirac téléphone à Bernard Stasi. Son interlocuteur est doublement sidéré : de la nouvelle de la démission de Léotard, et de la proposition qui lui est faite. Il se dit « très sensible » à cette offre, mais « est désolé de ne pouvoir l'accepter ». Chirac n'insiste pas et appelle Edmond Alphandéry, celui-ci demande dix minutes de réflexion (« Il consulte son patron », diagnostique Balladur), rappelle et refuse : il ne connaît rien aux problèmes de ce département ministériel, il est désolé et remercie le Premier ministre de sa proposition.

Un instant, Chirac et Balladur envisagent de prendre la réponse d'Alphandéry au pied de la lettre et de lui proposer un autre portefeuille. On jouerait au jeu des dominos ministériels, et on nommerait à la Culture le ministre remplacé par Alphandéry. Mais non : trop compliqué, trop risqué pour le dosage politique du gouvernement.

Alors qui ? D'Aubert ? Barrot ? Non décidément : les barristes, visiblement, ne « marcheront » pas.

« Et pourquoi pas Sudreau ? demande Balladur.

— Sudreau ?

— Eh bien oui, il est centriste, il est connu du public. Il

a été ministre du Général mais on le considère dans la presse comme un homme de progrès, un libéral, un Européen... En plus, il est du Loir-et-Cher, ça va faire s'étrangler un peu plus Jack Lang, qui tiendra des propos encore plus sectaires que d'habitude, ce qui nous permettra par ricochet de faire dégonfler cette baudruche...

— Ouais, fait le Premier ministre, mais est-ce qu'il nous foutra la paix, rue de Valois ?

— Ça... »

Les deux hommes sont perplexes. D'autres noms sont évoqués, parfois sur le ton de la plaisanterie, ce qui agace un peu Jacques Chirac : Edgar Faure, Valéry Giscard d'Estaing (là, Chirac sourit...), Jean Lecanuet, Jean-Claude Gaudin (nouveau sourire du Premier ministre)...

Faute de mieux, Jacques Chirac se met en quête de Pierre Sudreau, qu'il finit par trouver dans sa bonne ville de Blois. Son interlocuteur est surpris, mais il affirme qu'il ne saurait se dérober dans une circonstance difficile pour le pays. Bref, il accepte.

Dimanche, 18 h 50, sur les téléscripteurs A.F.P. et A.C.P.

M. Michel Rocard, député (P.S.), maire de Conflans-Sainte-Honorine, ancien ministre de l'Agriculture, vient de faire la déclaration suivante :

« Alors que l'élection présidentielle ne doit avoir lieu qu'au printemps 1988, le petit monde politique français ne parle plus que de cela. Il est normal que les responsables

politiques souhaitent mettre leurs compétences au service du pays, au plus haut niveau : j'ai moi-même déjà dit que je souhaitais pouvoir être, un jour, candidat. Mais il faut aussi savoir analyser lucidement les situations. Aujourd'hui, l'élection présidentielle n'est pas à l'ordre du jour. Surtout, la sagesse de François Mitterrand dans la difficile gestion quotidienne de la " cohabitation " mérite l'immense respect de tous les démocrates de ce pays. Les positions que, depuis mars 1986, il a été amené à rappeler sur le fond des problèmes montrent qu'il est devenu sans conteste, le porte-parole naturel de tous ceux qui veulent débarrasser la gauche française de ses vieux oripeaux idéologiques. A ce titre, il mérite l'admiration de ceux qui adhèrent aux valeurs fondamentales du socialisme démocratique moderne.

« Le temps n'est plus aux vaines polémiques. Il serait outrecuidant et déplacé de ma part de rappeler que j'ai contribué, le premier, à " parler vrai ", en économie comme en politique. Peu importe la chronologie. L'essentiel est que le message d'authenticité et de rénovation ait été entendu, et qu'il soit porté, au sommet de l'État, par notre Président de la République.

« Il faut donc que les choses claires soient dites clairement : à la date d'aujourd'hui, le seul candidat qui s'impose à l'ensemble des socialistes français est M. François Mitterrand. Si, comme je le souhaite ardemment, il décide de solliciter du peuple français un nouveau mandat présidentiel, je renoncerai de grand cœur à ma propre candidature, et serai heureux de lui apporter mon soutien résolu. »

Dimanche, 19 heures, hôtel Matignon

Jacques Chirac commence à s'énerver, et à trouver que la plaisanterie a assez duré. La Constitution veut que, formellement, les ministres soient nommés par le Président de la République. Or, on ne peut parvenir à entrer en communication avec François Mitterrand. Impossible dans ces conditions d'annoncer la nomination de Sudreau !

Jean-Louis Bianco, finalement joint, semble impuissant : il prétend que le Président étant en repos a exigé de n'être pas dérangé, quel que fût le prétexte. Jacques Chirac a, en fait, l'impression que Bianco ne sait pas où est passé le Président. Il fulmine littéralement. « Et s'il y avait un péril atomique immédiat ? », s'écrie-t-il...

Tout cela lui remémore l'histoire du journal, la prétendue « disparition » du Président, que les récents événements lui avaient fait oublier. Diable : y aurait-t-il vraiment anguille sous roche ? Il rappelle Pasqua qui, bien sûr, ne sait toujours rien. Invraisemblable... Et comment faire, pour Sudreau ? Chirac retéléphone à Balladur.

Dimanche, 19 heures, boulevard Raspail

Jacques Attali pianote le numéro de code de l'immeuble où habite Michel Rocard, avec qui il a enfin rendez-vous. Il emprunte l'ascenseur, s'apprête à sonner. Mais il remarque tout de suite une enveloppe scotchée sur la porte, avec cette mention : « Urgent, à l'attention de J. A. » Il l'ouvre, et trouve ce mot manuscrit : « *Désolé, mon cher Jacques, mais j'ai un contretemps. Rappelle-moi et essayons de nous voir demain. Mille regrets. Salut! M. R.* »

Dimanche, 19 h 55, rue du Docteur-Blanche

Jacques Attali appelle sa femme, à l'autre bout de l'appartement :

« Élisabeth, tu devrais appeler les du Roy, et leur dire qu'on sera en retard. Tu sais qu'ils habitent au diable vauvert, et je voudrais regarder le début du journal télévisé avant de partir...

— O.K. ! », répond-elle, désinvolte, dans le lointain...

Attali a hésité à annuler le dîner. Mais après l'article du *Journal du Dimanche,* il a pensé, puisque Nicole et Albert du Roy sont journalistes, qu'il risquait, en annulant, de susciter des hypothèses. D'autant qu'il s'est fait communiquer la liste des convives et que parmi eux se trouvera Claude Angeli, du *Canard enchaîné.*

Le journal télévisé de TF1 s'ouvre sur la démission de François Léotard — avec interview — et par l'annonce que : « Le Premier ministre proposera au Président de la République, dès qu'il sera de retour à l'Élysée de nommer à ce poste M. Pierre Sudreau. » Suit une diapositive de M. Sudreau et une courte biographie.

Viennent ensuite la déclaration de Raymond Barre, puis

celle de Michel Rocard, elle-même suivie par les premières réactions à l'initiative Joxe-Mermaz. Enfin une allusion à l'enquête du *Journal du Dimanche* et aux rumeurs qu'elle a commencé à susciter dans Paris. « Cela fait un menu politique très copieux pour ce week-end », commente le présentateur qui rappelle aussi, pour la journée d'hier, l'interview du Premier ministre à l'A.F.P. Pour mettre de l'ordre dans tout cela, il se tourne vers Alain Duhamel, invité spécial du journal.

Le commentateur minimise les bisbilles internes à la majorité, mais reconnaît que tous ces événements tissent la toile de fond de la prochaine campagne présidentielle. Il explique — assez correctement, estime Attali — les stratégies respectives de Léotard, Barre et Rocard, puis conclut : « Alors, on peut se poser la question : la présidentielle est-elle pour demain ? Bien difficile d'y répondre. Mais on peut noter ce soir que si les prétendants mettent en place leur dispositif, eh bien les principaux intéressés, eux, je veux dire Chirac et Mitterrand, ne paraissent pas pressés d'en découdre. Le Premier ministre dans son interview d'hier était plus que conciliant. Quant au Président de la République, il a visiblement décidé de prendre un peu de champ, et de s'amuser de loin de ces seconds couteaux qui s'agitent, trop content sans doute d'être silencieux pour mieux les provoquer. »

« Si tu savais ! », dit tout haut Attali à son poste de télévision... Puis Jacques et Élisabeth partent en voiture pour leur dîner. Chemin faisant, le conseiller spécial fait part à son épouse de son double étonnement : devant la démission de Léotard (« il est plus courageux que je ne le pensais ») et devant l'abdication de Rocard (« c'est vrai qu'il a toujours été un piètre tacticien, mais ce coup-ci, il pourrait avoir bien joué sans le savoir », remarque-t-il énigmatique).

Dimanche, 21 h 30, Chanteloup (Seine-et-Marne)

Attali comprend mal qu'on aille s'enterrer à la campagne. Bien sûr la maison est agréable, le jardin splendide, l'air sans doute plus pur pour les enfants. Bien sûr François Mitterrand lui a depuis longtemps appris les arbres et la nature. Mais il ne parvient pas à partager l'enthousiasme de Nicole et Albert du Roy pour cette vie à dix lieues de Paris. Cela dit, le repas est bon, les invités en forme. On en pourrait — presque — oublier le drame de l'actualité.

On parle télévision et presse bien sûr, politique aussi. Attali essaie de faire plutôt dévier la conversation sur la droite, mais il est bien forcé de répondre à la curiosité d'Albert du Roy et de Claude Angéli. Il s'en tient à la ligne de défense préparée : il ne se passe vraiment rien de spécial, l'enquête du *J.D.D.* n'a aucun sens ; cela dit, il ne faut sans doute pas s'attendre à ce que la cohabitation aille jusqu'à son terme — et il n'est vraiment pas sûr que Mitterrand se représente.

Attali sent bien qu'il ne convainc ses interlocuteurs sur aucun de ces points, mais enfin... Au passage, il s'étonne de l'évolution de certains. Parmi les invités, Georges Mamy, journaliste qui fut fortement « mendésiste » annonce froidement qu'il rédige une biographie de... Guy Mollet, et le politologue Roland Cayrol, qu'on n'a jamais identifié comme faisant partie du sérail « mitterrandiste », explique qu'il prépare une analyse du système politique de la Ve République à partir du personnage du conseiller spécial... Jacques Attali ! On n'est jamais au bout de ses surprises en politique...

23 h 30 : Attali s'excuse de devoir partir le premier : il a du travail à terminer cette nuit même.

Dimanche, minuit, palais de l'Élysée

Jacques Attali repasse, comme convenu, à l'Élysée, pour conférer avec Bianco et Prouteau. Entrant par la loge d'honneur, il ne vas pas vers le perron central, mais emprunte, dans la cour, l'escalier de droite.

Il souhaite savoir ce qu'on dit « dans les milieux de la presse », après l'article du *Journal du Dimanche,* et on lui a fait savoir que cette nuit, la « permanence » est précisément tenue par Nathalie Duhamel, la responsable des services de presse de l'Élysée : chaque soir, « l'appartement de permanence » est ainsi mis à la disposition du chargé de mission ou du conseiller technique de corvée.

A peine est-il entré dans le petit appartement, que le conseiller spécial se retrouve dans une ambiance de fête. Il découvre Nathalie, et son mari François-Xavier Stasse, naguère conseiller économique à l'Élysée, promu ensuite au Conseil d'État au tour extérieur, avec cinq ou six amis du couple, parmi lesquels Attali reconnaît le réalisateur de télévision Jean Labib et sa femme, la productrice Catherine Lamour, ainsi que le journaliste Hervé Chabalier ; on lui présente les autres, mais il ne fait guère attention à leurs noms... Tout ce monde a bien mangé, bien bu et compte visiblement continuer à festoyer entre amis, cependant que Labib a entrepris de chanter à ses compagnons de table *tous* les couplets de l'Internationale...

Jacques Attali bat en retraite, il parlera à Nathalie demain. Il se sent étrangement écœuré par ces réjouissances. Il sait bien sûr, il a l'habitude, que les conseillers de permanence trompent ainsi leur ennui en réunissant des amis. Il sait que ces invités se sentent flattés et grisés de se goberger ainsi, aux frais de la République, dans le palais — symbole du pouvoir suprême. Rien de bien méchant à tout cela... Mais ce soir, quarante-huit heures après l'odieux attentat contre le chef de l'État, c'est plus qu'il ne peut supporter. Même si, bien sûr, les invités de la permanence ne peuvent être incriminés, puisqu'ils ne se doutent de rien...

Dimanche, minuit 15, palais de l'Élysée

Comme convenu, Attali, Bianco et Prouteau sont réunis pour un *briefing* dans le bureau du secrétaire général de la Présidence.

La première nouvelle est apportée par Prouteau ; il n'en a eu connaissance que dans la soirée, et elle navre Attali : le chauffeur de Chirac est hors de cause. Une enquête minutieuse a permis d'établir, sans conteste, qu'il a immédiatement quitté l'Élysée vendredi soir, dès qu'il a été libéré par le Premier ministre, et qu'il a passé sa soirée en famille, comme prévu, dans son pavillon de Suresnes.

« Ce n'est pas tout, ajoute Prouteau. La piste iranienne s'effondre aussi. Les gars de la D.G.S.E. comme ceux de la D.S.T. sont formels. Ils n'ont pas lâché les soi-disant " étudiants islamiques " d'une semelle depuis qu'ils s'étaient amusés à faire des clichés autour de l'Élysée. Ils ne sont pas dans le coup, vendredi soir. C'est sans doute des types dangereux, ils doivent préparer quelque chose, l'enquête va suivre son cour. Mais ils ne sont pour rien dans l'assassinat du Président, on en est sûr maintenant...

— C'était trop beau », laisse tomber Bianco. L'enquête se resserre donc sur les seuls dirigeants socialistes convoqués par le Président à l'Élysée. Et encore pas tous : Attali rend compte des alibis de Pierre Joxe et de Lionel Jospin. Restent donc Mauroy, Rocard et Fabius. Et puis la piste Martinez, le gorille barriste. Prouteau s'énerve un peu de voir gloser Attali. Il veut absolument l'interrompre.

« Attends. J'ai voulu vous raconter d'abord pour le chauffeur de Chirac. Mais j'ai un truc incroyable à vous faire voir. Voilà. Je vous avais dit pour l'enregistrement vidéo de la réunion Rocard (" C'est vrai — se dit Attali — j'avais oublié cette manip. ") — Bon. Ça n'a marché que quelques minutes, parce que quelqu'un s'est aperçu que le bidule était encore branché et est allé l'éteindre. Mais j'ai les tout débuts du topo de Rocard à ses potes. Regardez... »

D'une manière un peu odéonesque, Prouteau fait deux pas en direction du magnétoscope qu'il a fait installer, tout à l'heure, par un garde. Il sort une cassette VHS de sa poche, branche l'appareil, et ses deux collègues assistent, médusés, à trois minutes d'enregistrement, se terminant par cette phrase de Michel Rocard, qui sonne comme un coup de gong : « Le Président de la République est mort. » Puis, brutalement, l'image et le son s'interrompent, et ne passent plus sur l'écran que des zébrures en noir et blanc. Prouteau éteint le poste et se retourne, triomphant, vers ses deux amis. « Alors, qu'est-ce que vous dites de ça ? »

Les conseillers de François Mitterrand sont sous le choc. Quelques longues secondes s'égrènent avant que la discussion reprenne enfin. Attali note pensivement que Rocard est le seul à lui avoir fait faux bond aujourd'hui. Bianco remarque que la déclaration solennelle, très « mitterrandienne » de Michel Rocard cet après-midi s'éclaire d'un jour nouveau :

« Évidemment, s'il savait le Président mort, ça devient une opération tranquille, tout bénéfice et sans aucun risque pour lui. »

En même temps, il est vrai tous trois en conviennent, sa petite phrase ne l'accuse pas formellement : il peut avoir *vu* mais ne pas avoir *fait*. Reste que quand même il devient — pour Prouteau il a visiblement toujours été — le suspect numéro un. Quelle histoire... Et les autres ? Rien de spécial à signaler. Joxe a magouillé au téléphone toute la journée pour obtenir des appels en faveur de François Mitterrand (« Pauvre Joxe, tout ça pour rien... », fait tristement observer Attali). Rien de particulier sur Mauroy ni sur Jospin — sauf qu'ils sont, clairement, en position de candidats présidentiels. Sur Fabius cette phrase seulement, prononcée lors d'une conversation téléphonique avec un membre du bureau fédéral du P.S. des Bouches-du-Rhône, et reproduite d'après les écoutes :

« Il faut être prêt à toute éventualité. Y compris à une campagne présidentielle anticipée. »

Bref, au sein du trio des coupables possibles, Mauroy-Rocard-Fabius, Rocard apparaît bien comme le plus suspect. Les trois conseillers réfléchissent en silence. Puis Bianco résume la situation :

« Bon, on a quand même avancé, en quarante-huit heures. On n'a plus que trois suspects, dont un privilégié que Jacques ne verra de toute façon que demain. Et sur le plan politique, même si les choses ne sont pas claires au P.S. elles évoluent favorablement à droite, avec le numéro de Chirac, le coup de gueule de Barre et la démission de Léotard. Je crois que dans ces conditions, on ne peut que continuer à travailler dans l'ombre. Donnons-nous jusqu'à mercredi matin tôt avant le Conseil des ministres. C'est alors qu'on révélera la mort du Président... »

CHAPITRE VIII

Coup de semonce

Lundi, 7 h 30, rue du Docteur-Blanche

Installé à l'avant, à côté du chauffeur, Jacques Attali n'a pas vraiment fait attention au nouveau modèle de Renault qui vient de lui être affecté. Il ne pense pas encore non plus aux phrases exactes qu'il devra prononcer dans quelques minutes, à Europe 1. Non : il songe à l'époustouflante question que vient de lui poser son fils.

Depuis quelques mois, Jérémie, qui suit des cours d'instruction religieuse, vit une crise mystique. Dieu est son sujet favori — un sujet qui n'est pas la spécialité principale de son papa. A peine réveillé ce matin, il a demandé à Jacques :

« Dis papa, est-ce que Dieu peut vraiment tout ?

— Mais euh... oui, Dieu peut tout, Jérémie !

— Tout, tout, tout ?

— Eh bien oui, sans doute, Il peut tout...

— Mais alors, s'Il peut tout, est-ce qu'Il pourrait décider qu'Il n'existe pas ?

— ... »

Le père a battu en retraite, prétextant le retard, la

nécessité de partir tout de suite, non sans s'engager : « On en reparlera, si tu veux... » Mais plus il réfléchit à la question, plus elle lui paraît redoutable, allant jusqu'aux racines mêmes de la métaphysique. Ce gosse est quand même formidable... Cela dit, quoi répondre à une telle interrogation ? Il faudra, dans la journée, consulter des spécialistes...

La voiture s'est arrêtée, rue François-Ier, devant les studios d'Europe 1. Sur le trottoir, un vieil ami : Jean-Pierre Elkabbach, qui accueille Attali. « Tu vas bien ? Je t'attendais. » S'enfonçant dans les couloirs de la station — ils passent devant le studio « Coluche », et un voile de tristesse passe brièvement sur le regard de Jacques Attali — Elkabbach explique au conseiller spécial que, bien sûr, il est invité ce matin en tant qu'écrivain, candidat à l'Académie des sciences morales et politiques, et pas en tant que collaborateur du Président. Mais, n'est-ce pas, étant donné l'actualité (le papier du *Journal du dimanche*, le remplacement de Léotard par Sudreau, etc.), on ne pourra pas ne pas interroger aussi Attali sur le Président de la République et sur la situation politique.

Attali le sait bien. Pas plus que pour le dîner, hier soir, il n'a voulu annuler le rendez-vous de ce matin, pour ne pas donner prise aux échafaudages d'interprétations journalistiques. Mais il est bien embêté. Il répond à Elkabbach que les questions sont libres, mais que les réponses le sont aussi, et s'excuse de ne rien pouvoir dire de très précis.

« Parlons vrai » : curieux titre d'émission, se dit-il, pour une tranche réservée aux hommes politiques ! Gérard Carreyrou l'attaque tout de suite sur l'absence du Président ce week-end. « Voyez-vous — s'entend répondre Attali — je fais à l'Élysée un travail de bureau. Je le quitte le vendredi soir, et j'y retourne le lundi matin. J'ai vu le Président vendredi, je compte bien le voir tout à l'heure, mais le week-end, si vous le permettez, chacun vit de son côté. Je suis le conseiller spécial du Président, je ne suis pas sa nounou ! »

Cette phrase sera reprise par les commentateurs. Moins qu'une autre, lorsqu'il répond à cette question de Catherine Nay (Attali n'avait rien contre cette journaliste, mais depuis la parution de son livre, tellement malveillant, sur François Mitterrand, il la déteste cordialement).

« Mais trouvez-vous normal que, même le week-end, le Président soit injoignable pour signer le décret de nomination d'un ministre ?

— Madame, le Président n'est pas à la botte du Premier ministre. Il ne suffit pas qu'on le sonne un dimanche après-midi pour qu'il accoure. Et en toute hypothèse, le Président prend toujours le soin de réfléchir longuement avant de signer ce qu'on lui demande de signer. Figurez-vous, madame, qu'il fait grand cas de l'avenir de la France...

— Est-ce que vous voulez dire que le Président pourrait ne pas signer tout de suite la nomination de M. Sudreau ?

— Je ne veux rien dire d'autre que ce que j'ai dit, conclut Jacques Attali. On s'est habitué à ce que le Président, après un délai raisonnable, signe ou ne signe pas les ordonnances. Avec la nomination des ministres, c'est un peu la même chose : puisque la Constitution donne au Président de la République le pouvoir de signer pour ces nominations, elle lui donne aussi le pouvoir de ne pas signer ! »

Pendant qu'on le raccompagne, Attali s'interroge : n'a-t-il pas été trop loin ? Mais aussi, cette journaliste était tellement horripilante...

Lundi, 9 heures, rue Paul-Baudry (VIIIe arrondissement)

Michel Delebarre rejoint les bureaux — petits mais fonctionnels — mis à sa disposition contre un loyer modique, par des amis. Heureusement pour les socialistes — songe-t-il en passant devant la réceptionniste de l'entrée — qu'il y a les mutualités d'enseignants ou de fonctionnaires, pendant les périodes où nous sommes dans l'opposition !

Il embrasse sa secrétaire, se frotte les mains : allez, au boulot, il va falloir passer une série de coups de fil, pour trouver les rédacteurs du programme de Pierre Mauroy. En attendant, il se plonge dans les journaux du matin. Le plus violent contre la démission de Léotard est *Le Figaro*, qui titre à la une : « Une démission inexplicable », et donne la parole à de nombreux leaders — Jean Lecanuet en tête — qui condamnent cette division inadmissible de la majorité. Delebarre se refrotte les mains...

Il parcourt maintenant la liste de ceux qui ont demandé à le voir de manière urgente : Jospin, Rocard, Mermaz, Chevènement, Poperen... Derrière ses lunettes pleines de reflets, pas de doute : son regard jubile. C'est bon de se sentir aimé de la sorte !

Lundi, 9 h 15, palais de l'Élysée

Jean-Louis Bianco a décroché. On lui passe le Premier ministre, qui a la voix d'un homme courroucé.

« Monsieur le secrétaire général, j'ai tenu à vous parler personnellement. J'exige — vous entendez, j'exige de voir le Président de la République aussi vite que possible.

— Oui, monsieur le Premier ministre, je transmettrai...

— Vous transmettrez... bien sûr que vous transmettrez ! Mais qu'est-ce que c'est que cette situation ? Le Président annule son entretien avec moi. Il disparaît carrément pendant quarante-huit heures. Et ce matin, M. Attali y va de sa menace à propos de la nomination des ministres...

— Je ne pense pas qu'il était dans les intentions de Jacques Attali de menacer qui que ce soit...

— Écoutez, passons. Je veux en tout cas voir le Président le plus vite possible...

— Oui, monsieur le Premier ministre », répond, conciliant, le secrétaire général de la Présidence.

Lundi, 9 h 30, rue Barbès, Montrouge

Le téléphone sonne, dans le petit bureau peint en blanc, climatisé, moquetté gris, pour cadre moyen, du directeur des études politiques de la SOFRES. Sa nouvelle secrétaire — il en use une par an — passe à Jérôme Jaffré « M. Denis Baudouin, de Matignon ». Le conseiller du Premier ministre demande s'il peut avoir très rapidement — d'ici demain soir, si possible — les résultats d'une enquête express sur les popularités comparées de Mitterrand et de Chirac, et éventuellement de quelques autres. Jaffré monte sur ses grands chevaux. Une telle rapidité l'effraie. Mais, Dieu merci, il a justement « sur le terrain » une enquête de ce type, commandée par Robert Hersant, dont les résultats devraient être disponibles dans la journée de demain...

Au même moment, la même demande est faite à Jean-Luc Parodi, à l'IFOP, à Michel Brulé, à BVA, à Laurence Parisot, à Louis Harris et à Jean-Marc Lech à IPSOS. Tous acceptent de donner des résultats pour le lendemain soir. Les interlocuteurs des « sondeurs » — respectivement Gérard le Gall, du *Matin* (et du P.S.), Michel Gonnot, de *Paris Match,* François Letellier, de *France-Soir,* et François Siegel, de *VSD,* raccrochent. Chacun est satisfait à l'idée d'être « le premier » à mesurer le pouls de l'opinion au milieu des rumeurs qui concernent le Président.

Lundi, 10 heures, hôtel Matignon

C'est Charles Pasqua qui appelle. Il a l'air un peu penaud, en annonçant à Chirac :

« J'ai les résultats de l'enquête des R.G. à Latche. On n'a pas la preuve absolue de l'absence de Tonton là-bas ce week-end. Mais il n'y a aucune trace de sa présence. Autrement dit, ce n'est pas du 100 %, mais ça paraît probable qu'il n'y était pas... Et on l'a pas localisé ailleurs...

— Nom d'un chien, Charlie, qu'est-ce que c'est que cette salade ?... »

Lundi, 11 heures, aéroport de Roissy

Bronzé, détendu, souriant, presque l'air de se moquer du monde, Valéry Giscard d'Estaing rentre de quelques jours d'un repos bien mérité en Afrique. Il se dirige d'un pas souple vers les micros et caméras, dont il a fait accepter la présence par son service de presse (c'est-à-dire que ses collaboratrices ont été pendues au téléphone depuis l'aube pour convaincre les différentes chaînes, stations et agences de presse d'être présentes). Entre la passerelle et le hall d'arrivée, un incident éclate entre un responsable de la sécurité et un individu suspect. Dûment expulsé, l'individu en question s'avérera être Roger Chinaud : le colis louche qu'il tenait en main n'était en fait que le cabas de l'ancien Président, contenant ses souvenirs de voyage. Valéry Giscard d'Estaing qui a observé la scène du coin de l'œil décide de ne pas intervenir pour si peu, et après s'être inquiété de la présence de la télévision, commence :

« Mesdames, messieurs, dit l'ancien Président à l'intention des journalistes, je vous apporte le salut du continent africain, si important à l'orée du troisième millénaire. Là-bas, on se préoccupe de ce qui se passe en France, et je crois pouvoir dire qu'on suit avec une attention navrée les péripéties de notre vie politique. Voici la déclaration que je comptais vous faire (il regarde vers les caméras). Êtes-vous prêts ?... J'y vais...

« Rentrant en France après un court séjour visant à resserrer nos liens d'amitié avec deux grands pays du continent africain, j'apprends l'agitation qui a saisi le milieu politique. Je comprends les raisons de la démission de M. le ministre de la Culture. Il est vrai que, si la sécurité de nos concitoyens doit être une préoccupation constante du gouvernement, le projet de loi sur la sécurité qui doit être soumis au prochain Conseil des ministres rompt avec quelques-unes de nos plus belles traditions républicaines, et ne saurait être accepté en l'état. Il faudra le remanier, ou l'oublier. Mais il n'est pas trop tard pour y parvenir par la discussion et la persuasion. C'est pourquoi, si je comprends la démission de M. Léotard, je ne puis l'approuver. Trois Français sur quatre sont las des jeux stériles des politiciens, et attendent de la majorité une attitude unie et offensive. Et au sein de cette majorité, une responsabilité particulière incombe aux défenseurs d'une société de liberté, de justice et de progrès.

J'en appelle donc à la conscience de chacun, pour que la crise ne succède pas au désaccord et ne profite pas à l'opposition. Je vais donc prendre dès aujourd'hui contact avec MM. Jacques Chirac, Raymond Barre, Jean Lecanuet, François Léotard et Bernard Stasi pour tenter — hors de toute ambition personnelle pour ce qui me concerne, chacun le sait — de provoquer le sursaut d'unité et de dignité que le pays attend. »

Voilà, mesdames, messieurs, je n'ai rien à dire de plus

pour le moment. Mais je pense que nous serons amenés à nous revoir prochainement... »

« C'est pour ça qu'il nous a déplacés en grande pompe ? », demande à son voisin un stagiaire de Radio-Monte-Carlo, encore innocent.

Lundi, 11 h 15, rue du Général-Clergerie (XVIe), dans les locaux du Front national

Marie-Claire, la nouvelle secrétaire, blonde et élancée, est très fière, et un peu émue de sa promotion, au Front national. La voici maintenant directement rattachée au « président » — elle n'ose pas dire encore à « Jean-Marie », comme font les autres. Le président, justement, la convoque dans son bureau. Elle se regarde dans un miroir, passe sa main dans les cheveux, rajuste son corsage, et pénètre dans le bureau voisin. Jean-Marie Le Pen joue avec une grande règle en bois, l'observe un moment, finit par lui dire qu'il va lui dicter un communiqué du Front national.

Posant son bloc sur ses genoux, elle prend en sténo le texte que lui récite son patron — sans hésiter, comme s'il le connaissait déjà par cœur. Comme Giscard, comme Chirac, comme Rocard, comme tout le monde, Le Pen fait mine de s'étonner des « ambitions personnelles » des uns et des autres. Puis il affirme : « Le peuple français n'a pas renvoyé les socialistes à leurs chères études pour assister à l'affligeant spectacle de ces messieurs de la majorité se disputant le gâteau de la République. En ces temps de crise nationale, la France doit être gouvernée, et elle doit l'être d'une main ferme. Elle n'a que faire d'un Président qui déserte, d'un Premier ministre qui cohabite docilement, de ministres qui démissionnent pour préparer leur avenir, ou de donneurs de leçon qui dissertent du haut de leur Olympe. La France a besoin, sans compromis et sans inhibition, d'être conduite sur la voie du redressement, c'est-à-dire de retrouver les voies de sa grandeur et de sa fierté. Dans la bataille qui s'ouvre et qui s'annonce décisive, le Front national, sans esprit de compromission ou de négociation avec les composantes d'une majorité qui a failli à sa tâche, est décidé à mener, sous toutes ses formes, y compris dans la campagne présidentielle, cet indispensable combat de renouveau national sous la direction de Jean-Marie Le Pen. »

Troublée d'être ainsi au cœur d'un moment historique, Marie-Claire demande :

« C'est un communiqué du Front national, ou de Jean-Marie Le Pen ?

— Il faut écouter », rugit Le Pen. Je crois pourtant l'avoir dit clairement : un communiqué du Front national ! »

Lundi, 11 h 30, avenue du Maine (XIVe)

Dans le studio d'une société privée de production audiovisuelle, Michel Rocard, entouré de quelques amis choisis, répète l'hommage qu'il rendra, le moment venu, au Président défunt.

Après l'hommage personnel, il en est à la péroraison :

« Je le dis sans emphase et sans larmes de crocodile : nous venons de perdre un grand Président. Un homme qui marquera la vie de la gauche, comme l'ont fait Jaurès ou Blum. Un homme qui marquera la vie de la Ve République, comme l'ont fait Charles de Gaulle ou Georges Pompidou.

« Il s'agit maintenant d'être, non pas seulement " fidèle à sa mémoire ", comme on dit souvent dans ces occasions, mais vraiment digne d'assurer la continuité de la République, et de l'œuvre qu'il avait entreprise à sa tête.

« Dans les jours qui viennent, après l'hommage du pays, la politique reprendra ses droits, et avec elle les aspirations des hommes, qui ne sont ni sans calculs ni parfois sans grandeur. Pour ma part, j'avais dit publiquement, il y a peu de jours, que je souhaitais ardemment pour la France le renouvellement du mandat de François Mitterrand. Qu'on sache simplement aujourd'hui que l'homme d'État que je suis ne se dérobera pas à ses responsabilités, après la perte cruelle que le pays ressent aujourd'hui, jusque dans ses profondeurs. »

« Très bien, Michel ! », conclut sobrement Jean Lallier, cependant que Jean-Paul Huchon renchérit : « Vraiment très bien ! »

Lundi, midi, rue de Grenelle dans le bureau du ministre de l'Éducation nationale

René Monory est resté assis derrière son bureau Empire, et fait face à ses deux visiteurs, ses amis Alain Lancelot, le directeur de Sciences-Po, et Pierre Weill, de la SOFRES, qui en savent bien plus que lui, affirme-t-il, sur les mécanismes et les ressorts politiques. Ils se sont alertés mutuellement, tôt ce matin : la période — où tout le monde s'exprime et « cale » sa candidature — nécessite sans doute que Monory parle aussi. « La France ne comprendrait pas que vous restiez silencieux », dit Pierre Weill, dont la moustache accentue le sourire entendu plus qu'elle ne le dissimule.

Même si Lancelot fait valoir qu'en ce qui concerne les candidatures présidentielles, cela « risque d'être le trop-plein », notre trio tombe d'accord pour penser qu'il faut dire quelque chose. Puisque, justement, René Monory est invité ce soir à « Découvertes » sur Europe 1, pour parler des projets en matière de réforme pédagogique des maternelles, on convient qu'il prononcera quelques fortes paroles sur le thème :

« Dans les périodes difficiles, ce dont les Français ont besoin, c'est d'hommes d'expérience, refusant tout sectarisme, qui sachent gérer les affaires sans être des technocrates. Des hommes simples et modestes, qui ne se mettent pas en avant, mais qui sont prêts à se dévouer pour la cause publique.

— On pourrait ajouter que les mieux à même d'affronter une période si mécanique sont les garagistes de formation », plaisante Lancelot (mais, visiblement, Monory n'apprécie que modérément).

Si comme il est probable, le ministre est « relancé », pour savoir si cela veut dire qu'il est candidat à l'élection présidentielle, il répondra :

« Vous savez, je n'ai jamais été candidat aux fonctions que j'occupe. Simplement, je sais être un homme disponible, pour une politique de raison et de cœur. Je constate que beaucoup sont aujourd'hui candidats : M. Chirac, M. Barre. M. Léotard. Je constate aussi que M. Giscard d'Estaing se pose en arbitre. Je me dis que cela fait beaucoup de dirigeants politiques candidats. Alors simplement, moi qui ne suis pas un leader de parti politique, moi qui ne suis pas l'ami de l'un et l'ennemi des autres, moi qui ai toujours cru à la nécessité d'un centre modéré et responsable, eh bien je suis à la disposition de mes concitoyens. » Alain Lancelot préparera par ailleurs pour René Monory — qui la gardera sous le coude pour la première occasion — une tribune libre destinée au *Figaro.*

Le ministre remercie ses conseillers, et les raccompagne jusqu'à la lourde porte à deux battants. En s'engouffrant à l'arrière de la voiture du P.-D.G. de la SOFRES, Alain Lancelot glisse à Pierre Weill : « J'espère qu'il comprend bien qu'il ne s'agit pas pour lui d'être candidat, mais de préserver l'avenir pour un portefeuille, quel que soit le candidat », à quoi l'autre lui répond, narquois : « Tu crois vraiment que c'est cela qu'il comprend ? »

Lundi, midi, palais de l'Élysée

Jacques Attali a enfin obtenu Michel Rocard, ils se verront cet après-midi. Le conseiller spécial téléphone maintenant au rabbin Eisenberg, pour tenter de démêler la question métaphysique de son fils. Après dix minutes d'entretien, Attali est convaincu : oui. Dieu peut décider qu'Il n'existe pas. Attali raccroche, pense à Jérémie, à l'énorme découverte religieuse et philosophique qu'il vient de lui permettre de faire. Oui, mais d'un autre côté...

L'huissier annonce l'arrivée de François Bujon de l'Estang, le responsable de la cellule diplomatique de l'hôtel Matignon. Cohabitation oblige : Attali et Bujon se rencontrent périodiquement, pour faire le point de la préparation des « sommets » internationaux. Jacques Attali a de l'estime professionnelle pour cet excellent diplomate chiraquien, mais teintée de l'agacement de celui qui, au fil des mois, s'est vu retirer les dernières parcelles d'initiative qui lui restaient. Matignon et Bujon, aujourd'hui, ne laissent que des queues de cerise de protocole se régler à l'Élysée. Les visites du conseiller de Chirac à Attali sont de pure information et de pure courtoisie. La décision politique réside entièrement chez le Premier ministre. Mais l'essentiel, pense Jacques Attali, est que la presse, et donc l'opinion, croient encore à un partage des tâches, ou à une réelle coopération sur le plan diplomatique.

Bujon s'installe. Décidément, se dit Attali, le pouvoir use plus vite de l'autre côte de la Seine : mon interlocuteur grossit, ses cheveux s'éclaircissent, son teint perd de son éclat ; lui qui portait beau, le voilà qui se met à prendre la peau du notable pompidolien !

Ils règlent rapidement un détail : lors du sommet de Londres, Chirac prendra son petit déjeuner avec Helmut Kohl le dimanche, et François Mitterrand le mardi. Puis Bujon, l'air de ne pas y toucher mais bien conscient d'être là pour tirer un coup de semonce, interroge :

« Qu'est-ce qui se passe avec le Président ? Il a disparu ?

— Disparu, mais, non... fait Attali, surpris que le conseiller diplomatique aborde cette question.

— S'il n'a pas disparu, j'espère en tout cas que vous n'êtes pas en train de nous mijoter un coup fourré. Je te préviens, le Premier ministre n'a pas apprécié du tout ton petit numéro de ce matin à Europe 1 à propos de la signature du décret de nomination de Sudreau. Si ton patron ne signe pas d'ici le conseil (des ministres) de mercredi, je t'assure qu'il y aura du vilain. A ce moment-là, considère la crise comme ouverte. Finie la cohabitation ! (Il se lève, sourit, serre la main d'Attali)... et nos aimables petites rencontres ! »

Lundi, 12 h 30, place du Colonel-Fabien (XIXe arrondissement)

Ils sont sept aujourd'hui, à venir prendre leur déjeuner à la cantine — sobre, claire, tranquille — du bureau politique du parti communiste français. Il y a des œufs mayonnaise, du bœuf-carottes, du brie de Meaux et des mille-feuilles au menu. Boisson, au choix : côtes du rhône, bière, eaux minérales. La plupart marchent au « côtes », aimablement servi par Germaine.

Krasucki est un peu excité : il pense que la classe ouvrière n'est pas aussi rétive que le croient Marchais ou Fiterman à suivre les petites péripéties de la cohabitation et de la vie politique.

« Dans les boîtes, précise-t-il, les gars commencent à se demander ce que mitonne Tonton. Avec ça, il reprend l'initiative politique. Nous les communistes, on paraît en retard de la main. Et comme à droite tout le monde s'agite, on a l'air d'être absent d'un moment d'activité politique sans précédent...

— Qu'est-ce que tu proposes ? l'interrompt Georges Marchais.

— Ben, je sais pas, mais depuis qu'on a adopté la candidature d'André pour les présidentielles, on n'a pas fait grand-chose pour la populariser dans les milieux populaires. On va finir par être pris de vitesse, et Tonton va nous manger la soupe sur la tête. On va terminer à 4 ou 5 %. Je crois que nous devons nous livrer à une intense activité politique, idéologique et d'organisation, autour de la personnalité et de la candidature d'André...

— Je suis d'accord mais tu sais bien — intervient Gaston Plissonnier dont les « r » roucoulent plus que jamais — que les médias font tout pour nous barrer la route, aussi bien la presse bourgeoise que la télé du pouvoir...

— Tout n'est pas la faute de la presse, reprend Krasu. Et de toute façon, nous ne devons compter que sur nos propres forces... »

Pendant tout cet échange, André Lajoinie, le futur

candidat du PC, n'a pas ouvert la bouche, se contentant de dodeliner de la tête d'un air patelin. La conversation — l'analyse — fait un détour par les implications internationales de l'élection présidentielle française. Quelle est l'issue qui serait la plus favorable aux forces de paix et de progrès dans le monde ? Les sept camarades présents se redisent ce que, maintes fois déjà, ils se sont déjà dit et redit. Suprême espoir et suprême pensée de chacun, la patrie-phare du socialisme réel, l'Union soviétique qui est pourtant au centre du débat, n'est jamais mentionné. C'est Lajoinie qui conclut la discussion sur ce point :

« A cet égard, la solution idéale, ce serait que la candidature communiste enregistre des progrès sensibles au premier tour, et que Barre soit élu au second tour. »

On revient ensuite sur la « popularisation de la candidature d'André Lajoinie ». A cet égard, une déclaration du bureau politique sera publiée. Guy Hermier, sarcastique, n'a guère l'air d'y croire :

« Tant qu'on aura un secrétaire général d'un côté, un candidat présidentiel de l'autre, on aura l'air de plaisantins », laisse-t-il tomber.

Lundi, 13 heures, restaurant « Les Célébrités », hôtel Nikko, quai de Javel (XVe)

L'endroit est loin d'être confidentiel, puisque le restaurant est plein, et bien des journalistes politiques seraient fort surpris de découvrir à l'une des tables qui bordent l'immense baie vitrée donnant sur la Seine, un trio de convives composé de Charles Pasqua, Pierre Juillet et Marie-France Garaud. Pasqua a choisi une viande, Juillet et Garaud du poisson. Mais remarquent-ils l'excellence des préparations, tout occupés qu'ils sont à examiner la situation politique ? Le ministre de l'Intérieur a tout de suite donné le *la :*

« C'est une histoire incroyable, mais on ne sait vraiment pas où est passé Mitterrand. Jacques Chirac et moi on est persuadés qu'il prépare un coup tordu, mais on ne voit pas bien quoi. Alors, il faut être prêt à toute éventualité — y compris bien sûr à une présidentielle anticipée — et il faut qu'on puisse jouer serré... »

Le repas, avec fromage *et* dessert, sera à peine assez long pour aborder tous les aspects de la situation : on passe en revue tous les clans et sous-clans gaullistes, barristes, giscardiens, léotardiens. On examine « les intérêts bien compris » des députés qui pourraient basculer, du barrisme au chiraquisme (ou l'inverse), du chiraquisme au léotardisme (ou l'inverse), et (surtout) les petites promesses qui pourraient les faire changer d'avis. Seul Pierre Juillet prend quelques rares notes, d'ailleurs elliptiques. Pasqua enregistre au fur et à mesure ce qu'il dira à tel ou tel pour l'empêcher de flancher, ou pour le reconquérir. Concernant les prises de position publiques de Marie-France Garaud dans les jours ou les semaines qui viennent, il faudra — sans qu'elle prononce le nom d'autres leaders — qu'elle épouse étroitement les thèmes barristes. Cela donnera plus de poids à son soutien spectaculaire à la candidature Chirac, le moment venu...

Un court instant, Charles Pasqua a une pensée fugitive, qu'il écarte comme un vilain moustique : et si, ayant fait tout cela, Marie-France annonçait sa propre candidature, ou se prononçait pour Barre ?

Lundi, 13 h 15, sous-sol de la Communauté européenne, Bruxelles

Jacques Delors a réservé le « salon bleu » — belle table fleurie, vaisselle blanche aux armes de la Communauté, service par des garçons en veste blanche — pour recevoir quelques amis socialistes venus de Paris en délégation : Marie-Noëlle Lienemann, député européen, Alain Richard, député du Val-d'Oise, et Jacques Salvator, membre (suppléant) du comité directeur du P.S.

Une fois de plus, on vient lui dire que les événements vont se précipiter et qu'il devrait songer à sa candidature présidentielle. Lui seul, lui dit-on une fois encore, a les qualités morales, les compétences techniques et l'expérience politique permettant au socialisme de triompher, et dans un premier temps lui seul pourrait se trouver au centre de gravité des « sensibilités » socialistes déchirées entre Jospin, Mauroy, Fabius, Delebarre et Rocard. On lui redit tout cela, amicalement, fermement : mais il le sait bien. Il sait aussi — il le rappelle — que, « avec tous ces coups sous la mêlée », il « n'arrivera jamais à porter le ballon jusqu'à l'en-but ».

On parle. Le ton est feutré, comme s'il était imposé par la rigueur des lieux. En fin de repas, avant de raccompagner ses amis jusqu'à l'extérieur de l'immeuble Berleymont, Jacques Delors conclura :

« Ce qu'il faut faire dans l'immédiat, c'est affirmer très haut que le meilleur candidat possible est François Mitterrand. De toute façon, si comme vous le pensez il n'est pas candidat, le fait d'avoir réclamé sa candidature sera le viatique pour la suite. Sans cela, on n'aurait plus le droit de parler, après. Regardez : même Rocard l'a compris ! Ensuite, on verra. Très franchement, je ne suis pas sûr d'avoir envie d'être candidat. Il faudra faire le point, mesurer le pour et le contre. L'idéal serait que je n'aie pas besoin d'être candidat. Mais en même temps, je ne ferme pas complètement la porte. Je vous le répète : on verra, le moment venu. Pour le moment, sachons être plus " mitterrandistes " que Joxe ou Mermaz... ! »

Remonté dans son bureau, Jacques Delors aura deux minutes de rêverie solitaire. Il repensera à ce jour de 1983, au Palais de l'Élysée, où François Mitterrand lui avait dit : « Bon, Delors, allez à Bruxelles terminer cette négociation. Demain, j'annoncerai votre nomination comme Premier ministre. » Curieux personnage, décidément, que François Mitterrand !

CHAPITRE IX

Coup de déprime

Lundi, 14 h 30, devant le Palais de justice de Paris

Pierre Joxe est venu acheter, au kiosque, la première édition du *Monde.* Il lit son journal en rentrant chez lui d'un pas lent. Il est allé, tout de suite, vers les pages « Politique ». Il n'est pas mécontent. Tout « fabiusien » que soit, pense-t-il, le service politique du *Monde,* « l'appel Joxe-Mermaz », comme ils disent, occupe trois colonnes — et l'éditorial (discutable, mais moins que d'habitude) de Jean-Marie Colombani lui consacre aussi une place enviable. Il est vrai que les résultats sont plus qu'excellents : les secrétaires fédéraux de quarante-deux départements du P.S. ont déjà fait connaître leur signature. Des « intellectuels », de Léon Schwartzenberg à Armand Mestral, sont entrés « spontanément » dans la danse — et eux aussi font recette : parmi les signataires, Michel Serres, Jean Daniel, Julien Clerc, Claude Mauriac, Patrick Modiano... Plus amusant peut-être encore : *Le Monde* a demandé par téléphone, à divers dirigeants du P.S. ce qu'ils pensaient de l'appel à Mitterrand. Michel Rocard a confirmé sa propre décision de s'effacer devant le président de la République (décision qui a droit, elle, à deux colonnes et à une analyse un peu trop favorable, juge Joxe, dans le « papier » de Colombani), cependant que Laurent Fabius et Jean-Pierre Chevènement disent leur accord sur le fond avec l'initiative — l'appel à Mitterrand — même s'ils ne sont pas sûrs que la méthode adoptée soit la meilleure : tout dépend, précisent-ils l'un et l'autre, de décisions à prendre par le seul président de la République...

Le Monde, qui réserve malgré tout l'essentiel de ses titres politiques à la une aux problèmes internes à la majorité, publie par ailleurs un encadré, mystérieusement signé A.F. et intitulé « la rumeur de Latche ». On y lit notamment, après que le journal eut noté le silence et l'absence du président de la République depuis le cocktail Sagan de vendredi en fin d'après-midi :

« Serions-nous devenus un quelconque pays de l'Est ? Faut-il que nos " élyséologues " se prennent pour des kremlinologues, qui se livrent à mille conjectures dès lors qu'on est sans nouvelles d'un haut responsable de l'État pendant quarante-huit heures ? Un simple week-end de silence, de repos, de méditation ou de travail du chef de l'État, et voilà que journaux à sensation, confrères en mal de copie ou professionnels de la rumeur font courir le bruit que le Président complote, qu'il est malade, voire même décédé... Il faut décidément que l'institution présidentielle ait pris une place excessive — même en période de cohabitation — sous notre Ve République, pour qu'une absence aussi brève soit aussitôt ressentie comme une " disparition ". Sachons raison garder, invitons chacun à respecter les véritables missions de la communication dans un pays démocratique, en espérant bien sûr qu'en ce qui les concerne les dignitaires de la République aient assez de respect pour les moyens d'information pour ne pas leur cacher des événements essentiels. »

Joxe sourit tout seul dans la rue, d'un sourire enfantin que ses collègues députés ne lui connaissent pas : sacré *Monde,* se dit-il, ils n'ont pas pu s'empêcher d'ajouter la dernière phrase ! Il y a aussi un bref article de Maurice Duverger, intitulé « Le pouvoir de ne pas signer », rédigé à la hâte après les déclarations de Jacques Attali le matin, dont la ferme conclusion va sûrement — pense le président du groupe socialiste — relancer la polémique parmi les juristes : « Le pouvoir de signer ne peut impliquer l'obligation de signer — écrit le professeur honoraire. Ce qui était vrai pour le décret de convocation du Parlement du temps du général de Gaulle est vrai, *a fortiori,* pour les décrets de nomination des ministres par François Mitterrand. Jacques Chirac le sait d'ailleurs parfaitement, qui, sur un simple froncement de sourcil du Président, avait renoncé à faire entrer Jean Lecanuet et Étienne Dailly au gouvernement en mars 1986... ou à y faire nommer François Léotard ministre de la Défense ! »

Lundi, 14 h 45, palais de l'Élysée

Jean-Louis Bianco appelle le secrétaire général du gouvernement, Renaud Denoix de Saint-Marc. Il doit le prévenir : chaque semaine, le secrétaire général vient à l'Élysée présenter, formellement, au président de la République, l'ordre du jour du Conseil des ministres.

Cette fois-ci, lui explique-t-il, ce ne sera pas possible — non, ni aujourd'hui, ni demain —, le Président étant « indisponible ». L'autre s'étonne un peu (sur un ton assez pète-sec, estime Bianco), mais ne peut bien sûr que s'incliner.

« Il doit déjà être en train d'appeler Chirac — se dit Jean-Louis Bianco en raccrochant — mais comment faire autrement ? »

Lundi, 15 heures, palais de l'Élysée

C'est Claude Angeli, du *Canard enchaîné,* qui demande Attali au téléphone.

« Dis-moi — attaque-t-il tout de suite — tu ne nous as pas tout dit hier soir ! Mitterrand a disparu pour de bon ! Qu'est-ce qui se passe au juste ? Vous n'allez pas nous promener comme ça longtemps. Un de mes informateurs a vu ce matin le médecin personnel du Président : il a cru comprendre que c'était vraiment sérieux, et même très sérieux... »

Ben voyons, pense Attali, il ne manquait plus que les inévitables références au médecin du Président, que tout le monde prétend rencontrer, dans ces cas-là, et qui bien sûr bavarderait à tort et à travers malgré le secret médical... Dominant sa réaction de fureur immédiate, Jacques Attali entreprend, sur le mode badin, de rassurer — et en effet de « promener » — son interlocuteur. Heureusement, cela n'a pas l'air de marcher trop mal.

« Faites quand même gaffe — le met en garde le

journaliste — ne nous refaites pas le coup de Pompidou. Ce pourrait être désastreux pour vous. »

Pensif, Attali ne repose pas tout de suite son récepteur. Il appuie sur la touche qui lui permet d'obtenir sa secrétaire, et demande le grand rabbin. Il réfléchit pendant qu'il attend sa communication. Il a eu six rabbins depuis ce matin. Trois lui ont dit que Dieu pouvait en effet décider qu'Il n'existe pas. Trois ont ricané à cette hypothèse blasphématoire. Six minutes plus tard, le voici plus perplexe encore. Le grand rabbin — qui penche tout de même pour le « plutôt non » — l'a saoulé de réponses en tous sens, aussi peu convaincantes les unes que les autres. Rien de concluant. Que dire à Jérémie ? Le plus simple sera de résumer les arguments pour et les arguments contre. Jérémie décidera lui-même...

Lundi, 15 h 30, Hôtel de Ville

Jacques Chirac est resté debout, près de la fenêtre, la main tenant le rideau, comme si la terre tremblait et qu'il se raccrochait à l'épais tissu. Face à lui, assis en arc de cercle sur les confortables fauteuils, Balladur, Pasqua et Toubon.

« Commençons rapidement, lance le Premier ministre. Charlie va nous dire tout de suite où en est l'enquête sur la disparition du président de la République.

— C'est vrai qu'on peut parler de disparition ! explique le ministre de l'Intérieur. On ne sait pas où est passé Tonton. On sait seulement qu'il n'est pas à l'Élysée, et qu'il n'était sans doute pas à Latche ce week-end. On ne l'a pas trouvé non plus chez les différents amis chez qui il va souvent en province. Bref, c'est idiot à avouer, mais il nous a tout bonnement faussé compagnie ! »

Où peut être passé le Président ? Les quatre amis passent en revue les divers scénarios possibles pour prévoir ce qu'il faudra faire, en fonction de l'hypothèse qui se trouvera être la bonne, le moment venu. François Mitterrand peut être malade, en traitement secret quelque part. « En tout cas, il n'est pas au Val-de-Grâce », précise Charles Pasqua. De toute façon, s'il est soigné pour un mal mystérieux, cela ne pourra pas durer longtemps.

« On ne peut faire ça que si on tient aussi Matignon, affirme Jacques Chirac. Pompidou, avec un Messmer, ça pouvait aller, pendant des mois. Mais avec nous en face, ils ne pourraient pas jouer à ce petit jeu pendant plus de quelques jours.

— Et s'il était mort ? » s'interroge Balladur.

Cette supposition laisse dubitatifs ses interlocuteurs : qu'est-ce que son entourage aurait à gagner à un tel silence sur la mort du chef ?

« Oui, dit Balladur, mais s'il n'est pas mort, mais mourant, s'il est au plus mal, peut-être auraient-ils intérêt à le cacher, jusqu'à l'issue fatale ? »

L'hypothèse semble osée. Elle apparaît peu probable.

« Retenons-la, malgré tout, un instant, dit le Premier ministre. Dans ce cas, que faisons-nous ? »

L'un des volets de la discussion concerne le lancement de la candidature présidentielle de Jacques Chirac — qui, de toute façon, ne devra se faire qu'après un délai raisonnable : « Rappelez-vous Chaban, il s'était découvert trop vite à la mort de Pompidou. Ça n'avait pas paru convenable, et ça a sûrement pesé sur la suite » souligne Chirac. Le délai de convenance passé, en tout état de cause, la candidature sera annoncée, et le déroulement des opérations, ensuite, ne posera pas de problèmes : Jacques Toubon assure une nouvelle fois, approuvé par Pasqua, que tout est prêt, matériellement, pour l'organisation de la campagne.

« En tout cas, résume Balladur, la ligne que nous avons suivie ces jours-ci se révélera excellente, dans cette hypothèse. Nous n'apparaîtrons pas, contrairement à Barre ou à Léotard, comme des gens qui ont jeté de l'huile sur le feu alors que le président de la République s'éteignait...

— Il faudra simplement que Jacques fasse un discours, particulièrement " responsable " au pays, fait alors remarquer Pasqua. Dans ces moments-là, on ne sait jamais exactement comment l'opinion publique peut réagir. Il faut que Jacques incarne immédiatement la dignité, le pouvoir, le recours vers lequel chacun se retourne naturellement. Il ne faut pas qu'un quelconque Poher intérimaire se mette à symboliser la transition pacifique, et en profite soit pour lui-même, soit pour aider Barre.

— C'est très juste, observe Jacques Chirac. Ça me paraît même la conclusion à tirer de cette première hypothèse : je dois dès maintenant préparer le texte du discours que je prononcerais si l'on venait nous annoncer la disparition — ou l'empêchement pour maladie grave — de Mitterrand. Il faut que ce soit digne, responsable et national. Ceux des Français qui appréciaient le rôle de Mitterrand comme président de la cohabitation devront se sentir rassurés quant à la continuité de l'État. »

C'est donc décidé : Balladur rédigera aujourd'hui même un projet de discours en ce sens.

Seconde possibilité : Mitterrand va fort bien et fait exprès de ne pas se montrer. Dans ce cas, ou son silence est fortuit, dû à quelque obligation d'ordre privé ou à une fatigue passagère — mais aucun des quatre dirigeants R.P.R. n'y croit vraiment ; ou il mijote quelque chose. Mais quoi ?

Les quatre amis font le tour des cas de figures possibles. Il peut s'agir d'un épisode de « guerre des nerfs » : Mitterrand dramatise, par son silence, avant de brusquer l'échéance présidentielle. Dans ce cas, pas trop de problèmes, puisqu'on est prêt. Peut-il s'agir d'un « coup de force », d'une entrée possible de Mitterrand dans l'illégalité, pour renverser la majorité — « Du coup d'État permanent au coup d'État tout court ! » sourit Jacques Chirac ? Non, cela paraît assurément exclu.

Peut-être est-il simplement en train de monter un « bidule socialiste » —, l'expression est de Jacques Toubon : peut-être est-il alors dans une quelconque réserve, en train de distribuer des directives aux quatre coins de la France pour organiser la prétendue « opération Joxe-Mermaz » ? Dans ce cas, tout cela ne sert qu'à hâter les présidentielles, et on est ramené à l'hypothèse « guerre des nerfs » : pas de problème majeur.

Que faire si, réapparaissant, il refuse de signer le décret de nomination de Sudreau ?

« Là, dit Chirac, c'est le clash !

— Je n'en suis pas si sûr », répond, *mezza voce,* Édouard Balladur.

Et le ministre d'État fait valoir qu'on ne peut pas avoir, toutes les quarante-huit heures, une tonalité trop différente : le Premier ministre a été conciliant, amical même à l'égard du Président dans sa déclaration de samedi. Il ne peut pas, aujourd'hui ou demain, passer pour un excité.

« Si Mitterrand ne veut pas de Sudreau, ce qui d'ailleurs m'étonnerait — poursuit Balladur — discutons. Voyons ce qu'il a en tête. Paraissons des gens de bonne compagnie. De toute façon, il faudra bien nommer quelqu'un, et peu nous importe Sudreau. Plus le Président tergiversera, plus il prendra la responsabilité devant l'opinion de prolonger le vide dans ce ministère, et plus on pensera qu'il a un double langage, qu'en fait il cherche la crise et ne respecte pas la majorité du pays... »

Une fois encore, Chirac tire mentalement son chapeau à Balladur : quelle force de raisonnement, quelle capacité d'analyse et de synthèse !

Il en est ainsi décidé : si Mitterrand ne signe pas, on laissera apparaître une légère contrariété, mais on jouera le jeu du « contre mauvaise fortune bon cœur », pour montrer que l'on est préoccupé avant tout de la bonne marche de l'État...

Simplement, il faut donner un butoir au chef de l'État. On ne peut pas rester dans cette incertitude, « car — dit Toubon — dans nos propres rangs, la guerre des nerfs va finir par produire des effets nocifs ! »

Il est donc convenu que Mitterrand sera informé — par l'entremise de Bianco, qu'appellera Ulrich — du ferme désir de Jacques Chirac de le rencontrer, au plus tard dans la journée de demain mardi.

Reste à aborder la situation créée par l'initiative Giscard. Les quatre présents dans le bureau du maire de Paris ont été fort agacés par la déclaration de Roissy. Mais peut-on avoir l'air de se dérober devant un appel à l'unité de la majorité ? De tels appels sont toujours « payants » dans l'électorat R.P.R.-U.D.F. ! Si Toubon et Pasqua sont, à cause de cela, un peu hésitants — d'autant que Giscard, Barre et Léo pourraient faire capoter la nouvelle loi Pasqua —, ils constatent qu'en revanche Chirac et Balladur sont « remontés » contre l'ancien président de la République, et n'entendent absolument pas lui faire de cadeau.

Après une brève discussion, on aboutit finalement à une décision tranchée : les services de l'hôtel Matignon diffuseront, dès cet après-midi, le communiqué suivant :

« M. Jacques Chirac, Premier ministre, a pris connaissance avec intérêt et avec tristesse, de la déclaration de M. Valéry Giscard d'Estaing. Il regrette que l'ancien président de la République paraisse sous-estimer les nécessités de la période en matière de défense de la sécurité des citoyens de la République française. Il demeure persuadé que les parlementaires de la majorité sauront, pour leur part, rester fidèles aux engagements, pris devant le pays, de protéger la sécurité de la France et des Français devant la montée des périls, tant intérieurs qu'extérieurs.

« S'agissant des propositions de médiation politique à l'intérieur de la majorité, le Premier ministre estime n'avoir aucune leçon d'unité, encore moins de dignité, à recevoir de M. Giscard d'Estaing. Tout en restant ouvert en permanence à toute concertation au sein de la majorité, le Premier ministre ne voit donc pas dans l'immédiat l'intérêt d'une rencontre avec le président de la région Auvergne. »

Lundi, 16 heures, palais de l'Élysée

Jean-Louis Bianco observe Lionel Jospin, assis en face de lui. Drôle de type, ce Jospin, se dit-il. Sérieux, militant, dévoué au Président depuis des années, mais quelque chose décidément, chez lui, ne « passera » jamais. Ce doit être, pense-t-il, la formation trotskiste...

Jospin, de son côté, scrute Jean-Louis Bianco. Curieux bonhomme, se dit-il, que cet ex-soixante huitard, capable aussi bien de tout laisser tomber un jour, après mai 68, pour aller élever des moutons dans les Cévennes, que de se découvrir mitterrandiste après 81 pour jouer les éminences grises élyséennes, toujours le sourire aux lèvres. Et curieux bureau que celui du secrétaire général : voilà un homme qui est censé traiter des dizaines d'affaires d'État chaque jour. Et pourtant son bureau est nu : pas un papier qui traîne, pas un livre, pas un dossier...

Pour l'heure, Jospin est venu trouver Bianco, pour lui dire que, d'après ses informations, dans les profondeurs du parti on s'interroge sur ce que fait le Président. Les rumeurs vont déjà bon train. Cela pourrait même profiter à Rocard... Bref, à son avis, le Président devrait se manifester... Bianco l'assure de sa compréhension.

Jospin reparti, Bianco retourne à son labeur et se fait porter par sa secrétaire son classeur « Arrivée ». Il feuillette d'abord le lot quotidien des dépêches de la D.G.S.E. — le contre-espionnage français. La « révélation » du jour est constituée par l'annonce d'un coup d'État, prévu pour la semaine prochaine, en Afrique du Sud. Machinalement, il regarde l'inscription de la source du renseignement obtenu. « Al » signifie que la source est un personnage officiel, « piégé » sans aucun intermédiaire, et dont la voix ou la signature ne laisserait aucun doute.

Ouais..., pense-t-il, sceptique, se rappelant cette anecdote que lui a racontée Grossouvre, à moins que ce ne soit Marion, et qui remonte à la guerre du Vietnam, en 1967. Un jour, le chef de poste du S.D.E.C.E. (l'ancien nom de la D.G.S.E.) à Marseille, avait trouvé, dans un avion officiel américain faisant opportunément escale technique à Marseille, une lettre dactylographiée, mais corrigée à la main, expédiée par le président des États-Unis à son ministre Robert McNamara. Le Président Johnson disait en substance à son second — qu'il appelait « My dear Bob » — que les Chinois devaient comprendre que si la guerre s'éternisait au Vietnam, les États-Unis n'hésiteraient plus à s'en prendre, avec des moyens nucléaires, au « sanctuaire chinois »... C'était du « Al » ! Mais comment ne pas voir que les Américains avaient, par ce stratagème, souhaité que la France — qui, elle, entretenait des relations diplomatiques avec Pékin — fît passer le message d'avertissement à la Chine populaire ! Dire qu'un président des États-Unis s'était, ainsi, laissé convaincre de corriger à la main une fausse lettre à un membre de son gouvernement, et de se servir de la C.I.A. comme facteur...

Il y aura donc, peut-être, pense Bianco, un coup d'État en Afrique du Sud la semaine prochaine, mais rien n'est moins sûr !

Abandonnant la liasse des dépêches de la D.G.S.E., le secrétaire général se penche sur les questions relatives à l'Élysée. Le voici saisi d'un problème vraiment capital : le conflit, interne aux services de sécurité du Palais présidentiel, entre la police et la gendarmerie. Les policiers se plaignent : à grade et à fonction équivalente, les fonctionnaires qui dépendent de la police se voient affecter une Renault 18, alors que les gendarmes ont droit à une R25...

Lundi, 16 h 30, au siège du ministère de l'Industrie

« Le bureau du ministre de l'Industrie n'a pas les splendeurs de celui de la Culture », se dit François Léotard, lui-même un peu surpris d'avoir, déjà, cette pensée nostalgique.

Les mousquetaires du néo-libéralisme se retrouvent en effet, cette fois chez Alain Madelin, pour faire le point. Tous quatre — Léotard, Madelin, Longuet, Douffiagues — se félicitent de la réussite de l'opération-démission de Léo. « La presse n'est pas terrible », selon la phrase de Madelin, mais les échos de province sont bons. Très bons, même.

Deux problèmes sont aujourd'hui à l'ordre du jour : l'initiative Giscard et l'attitude des trois qui restent au gouvernement.

Sur Giscard, le ton général est sarcastique. « Il est vraiment toujours à côté de ses pompes, ton ex-parrain », fait remarquer Longuet à Léotard. Cela dit, on ne peut pas — tous sont d'accord — avoir l'air de faire la fine bouche devant une proposition visant à préserver, en apparence, l'unité de la majorité. Et puis, on ne peut pas laisser Giscard faire le jeu du seul Raymond Barre, puisque, tous en sont certains, Chirac, lui, refusera de rencontrer V.G.E... Donc, il faut que Léo fasse un communiqué, ou une déclaration à une radio (« Pourquoi pas au *Figaro ?* », propose Douffiagues — proposition retenue), se félicitant de la convergence des libéraux sur les risques de la loi Pasqua, et acceptant le principe d'une rencontre « dans la semaine » avec l'ancien président de la République.

Sur l'attitude à tenir au gouvernement, seul Jacques Douffiagues penche pour un comportement délibérément « loyaliste » — au point que, pense Gérard Longuet, « il est tellement content d'être ministre grâce à nous qu'il ne veut surtout pas risquer de perdre son portefeuille !... » Léotard, et surtout Madelin et Longuet, estiment que tout dépendra de l'attitude de Chirac sur la loi Pasqua : ou il met de l'eau dans son vin, suffisamment pour que l'opinion y voie une victoire des « libéraux », et on peut rester. Ou il ne fait aucune concession significative, et il faut partir.

Il faudra voir aussi comment opère Raymond Barre, conclut-il, puisqu'il a — divine et embarrassante surprise — rejoint la position des mousquetaires sur la loi Pasqua.

« A la limite, dit Madelin, si les sondages sont mauvais pour Léo, on pourrait peut-être — après tout, nous on est jeunes, on a le temps pour nous — on pourrait éventuellement négocier avec Barre la place de Premier ministre pour François, et on remettrait la candidature présidentielle au prochain coup ! »

Alain Madelin voit-il, à ce moment, le regard torve que lui décoche François Léotard ?

Lundi, 17 heures, boulevard Raspail

Cette fois, Michel Rocard est bien chez lui, au rendez-vous de Jacques Attali. Il écoute, assez intrigué, les vaseuses explications et les hasardeuses questions du conseiller spécial de l'Élysée.

« Franchement, Jacques, j'ai un peu l'impression que tu te fous de moi. Je n'arrive pas à croire à ton histoire de vendredi soir. Et je ne comprends pas bien la raison de ta présence ici. »

Tout d'un coup, Attali non plus ne sait plus très bien comment justifier son interrogatoire. Hier encore, cela allait, sa version tenait — et d'ailleurs les autres l'ont bien avalée. Aujourd'hui, il ne peut faire croire qu'il veut simplement savoir la même chose, surtout qu'il a dit à Rocard — bêtement — qu'il a déjà vu Fabius et les autres.

« Non, je t'assure — reprend-il. Rien d'autre que ce que je t'ai dit...

— Si tu veux faire l'idiot, Jacques, fais-le. Mais ne compte pas sur moi pour te suivre. Dis-moi plutôt ce qui s'est vraiment passé à l'Élysée, d'après toi, vendredi soir...

— Écoute, Michel, je ne sais pas ce que tu cherches à me faire dire. D'ailleurs, tu sais bien que moi, je suis arrivé très tard à l'Élysée, bien après toi, bien après...

— Bien après le malaise de Mitterrand, c'est ça ? En fait, ce que tu cherches, c'est ce qui est arrivé au Président, et si je l'ai vu ce soir-là. Et tu l'insinues en douce, devant un ami de vingt ans, pour voir si par hasard il ne serait pas un tout petit peu régicide ? »

Michèle, la femme de Michel, est doucement entrée dans la pièce. Elle est livide. A sa fureur abandonnée, elle regarde Attali d'un œil accusateur et désolé.

« Tu sais, Jacques, ça commence à bien faire. Si vous croyez que vous allez, en plus, pouvoir coller cette histoire sur le dos de Michel, vous vous trompez lourdement. De toute façon, je me demande bien comment vous allez pouvoir faire pour renouveler votre stock de calomnies, après ce que vous avez répandu au moment de la mort de Defferre... »

Lundi, 17 h 15, siège du C.D.S.

« Qui vote pour ? Qui vote contre ? Qui s'abstient ? » Bernard Stasi fait le compte des mains qui se lèvent, puis annonce :

« Le communiqué est donc adopté à l'unanimité moins trois abstentions. »

Ce communiqué du bureau du C.D.S., qui paraîtra ce soir, déclare :

« Le C.D.S. a œuvré sans relâche, depuis le 16 mars 1986, au service de l'unité de la majorité et d'une vision démocrate, sociale et européenne de la politique de la France.

« Il constate qu'aujourd'hui l'unité de la majorité est mise à mal, et que l'accent de la politique gouvernementale tend à se déplacer, au profit d'une vision où l'égoïsme libéral est de moins en moins tempéré par les préoccupations sociales. Il constate aussi que le libéralisme est moins reçu dans son acception politique que dans ses principes économiques.

« Étant donné ces glissements progressifs, le C.D.S. tient à mettre en garde le gouvernement contre le déséquilibre qui s'est fait jour au sein de la majorité. Il souhaite que, en matière économique comme en matière de sécurité des personnes et des biens, une place plus convenable soit réservée à la tradition modérée, démocratique et européenne qu'il représente.

« Dans cet esprit, le C.D.S. apprécie positivement les récentes prises de position de M. Raymond Barre, avec qui il constate avec satisfaction une grande convergence d'analyse et d'objectifs. »

Lundi, 17 h 25, boulevard Raspail

Jacques Attali a battu en retraite dès après l'algarade avec Michèle Rocard. Il s'est retrouvé dans la rue, et a demandé à son chauffeur de le laisser rentrer à pied. Il a besoin d'air, et de réfléchir.

C'est vrai que Michel est un vieil ami. Sans doute se voient-ils moins, depuis ces dernières années, parce que Rocard a fait le mauvais choix, parce qu'il ne s'est pas rendu compte de ce qu'était la trempe d'homme d'État de François Mitterrand. Mais Attali se souvient de leurs discussions, du temps où Michel était le jeune secrétaire de la commission des comptes de la nation. Il se remémore son extraordinaire agilité d'esprit. Il se rappelle aussi leurs cours en commun devant ces élèves forestiers, alors que

Michel, devenu secrétaire du P.S.U., se voyait retirer toutes ses fonctions « nobles » dans l'État. Il se souvient, plus récemment, de cette terrible convention du P.S. où l'on adoptait cet épouvantable programme ; pour des raisons de politicaillerie interne, Rocard comme Attali défendaient le projet de programme, élaboré pour l'essentiel par Jean-Pierre Chevènement. En allant vers la tribune défendre ce texte, économiquement déraisonnable, Rocard était passé devant Attali, lui avait fait un clin d'œil, et dit rapidement : « Qu'est-ce qu'il ne faut pas faire ? » « Ça, c'est bien vrai ! », avait répondu Attali. Oui, Michel est un ami. C'est aussi un homme d'État, contrairement à ce que croient sottement les mitterrandistes de base, pense-t-il. Un ami, un homme d'État. Mais peut-être aussi un assassin ? La vie, dans ces moments-là, est affreuse à vivre. Mais comment ne pas voir certaines données en face ? Le ton, l'attitude, les phrases même de Michel (« un tout petit peu régicide »), venant après tous les indices accumulés par Prouteau — les écoutes téléphoniques, la cassette vidéo... — son activité politique de ces jours-ci — les rencontres avec Mauroy, avec Jospin, avec Delebarre. Et puis cette incroyable imprécation de Michèle. Oui, la vie réserve décidément des surprises douloureuses. Mais le conseiller spécial se rappelle soudain cette remarque de Bianco, le soir du drame : quelqu'un a pu se glisser dans l'entrebâillement de la porte et observer une partie de la scène tragique. Ce quelqu'un pourrait être Rocard. Cela — aussi — expliquerait son attitude, pense Attali, qui surmonte son coup de déprime et poursuit, songeur, son trajet vers le palais présidentiel.

Lundi, 17 h 45, palais de l'Élysée

Jean-Louis Bianco, au téléphone encore, répond à Pierre Sudreau. L'ancien ministre du général de Gaulle vient aux nouvelles :

« Monsieur le secrétaire général, j'estime devoir être informé de la situation. Que se passe-t-il au juste ? Le président de la République a-t-il quelque chose contre moi personnellement ?

— Mais non, monsieur le ministre, votre personnalité n'est nullement en cause...

— Ah non ? En êtes-vous bien sûr, parce que, n'est-ce pas, s'il s'agissait d'une prévention à mon égard... »

Lundi, 18 heures, boulevard Saint-Germain

La secrétaire de Raymond Barre dicte aux agences le court communiqué que son patron vient de lui tendre sur un bout de papier, après une petite réunion avec les députés Charles Millon et Emmanuel d'Aubert.

« M. Raymond Barre est sensible aux efforts de M. Valéry Giscard d'Estaing pour sauver ce qui peut encore l'être dans l'unité de la majorité. Il le rencontrera très prochainement pour confronter leurs vues, en étant persuadé qu'elles seront une nouvelle fois convergentes. »

Lundi, 18 h 15, hôtel Matignon

Jacques Chirac a fait demander Jean-Louis Bianco au téléphone.

« Monsieur Bianco — lui dit-il d'emblée — je pense que M. Ulrich a été suffisamment clair. J'exige — vous entendez, monsieur Bianco — j'exige de voir le président de la République demain !

— J'ai bien compris, monsieur le Premier ministre. J'ai peur toutefois que demain cela soit très compliqué pour le Président...

— Mais enfin monsieur Bianco...

— En tout état de cause, monsieur le Premier ministre, le Président vous recevra au plus tard, comme à l'accoutumée, mercredi matin, dans l'heure qui précède le Conseil des ministres...

— Mmm... bbbon... Cette réunion est en tout cas confirmée ?

— Mais bien sûr, monsieur le Premier ministre !

— Bon, très bien. En tout cas, s'il est possible par ailleurs d'ajouter une rencontre demain, faites-le-moi savoir ! »

« Bien ! se dit Jacques Chirac, marchant silencieusement dans son bureau. Mon coup de semonce a visiblement opéré ses effets. Mitterrand va abandonner tout mystère à partir de mercredi matin... »

Lundi, 19 heures, palais de l'Élysée

Jacques Attali appelle Prouteau sur son poste intérieur.

« Tu as vérifié pour ce Martinez, ce type de la sécurité du Palais, dont on m'a dit qu'il faisait des extras pour Barre ?

— Oui, Jacques, on est en train... Pour le moment, ce qui est sûr, c'est que ton type est effectivement à la sécurité ici, et qu'il a travaillé chez Barre du temps de Matignon. Et il semble bien qu'il navigue toujours dans ces milieux. Ce qui est sûr aussi, c'est qu'il était de service au Palais, vendredi soir...

— Ah ? interroge Attali, intéressé.

— Oui, mais t'excite pas, Jacques... Il y avait des tas de gars de service vendredi, et ils n'étaient pas tous en train de monter un coup contre le Président. Ne crois pas que, simplement parce qu'un type est de la sécurité, il doit être plus suspect qu'un autre — qu'un dirigeant socialiste, par exemple !

— Je ne dis pas ça, reprend Attali excédé. Mais tout de même : un barriste patenté, travaillant dans la maison, et de service vendredi soir, ça mérite quand même d'être vérifié avec soin, non ?

— Absolument, Jacques, absolument. Et je te l'ai dit, c'est ce qu'on fait. On devrait en savoir plus demain... »

Attali raccroche, regarde sa montre, puis consulte son agenda.

C'est vrai, constate-t-il en voyant une ligne rayée, un dîner était à l'origine prévu chez lui, ce soir, dont il a dû annuler les convives, dès samedi. C'était un de ces dîners où Attali faisait découvrir au président de la République le Tout-Paris de la pensée et des arts. Ce soir, cela aurait dû être les peintres Fanti et Chambas, le réalisateur de télévision Seligmann, et la sublime Isabelle Adjani.

Attali repense à son grand homme, et a l'air souvent embarrassé de certains de ses amis artistes, lorsqu'ils se trouvaient, à table, à ses côtés ; à leur empressement à parler, au contraire, après le départ du Président...

Il secoue machinalement la tête, comme pour la vider de souvenirs trop pesants. Il est temps d'aller chercher Élisabeth, sa femme, qui doit encore être chez sa copine, « Chez Victoire », puisque celle-ci devait lui faire découvrir aujourd'hui, à elle et à deux amies choisies, les nouveaux modèles de sa boutique.

Ils iront ensuite — cela, il n'a pu s'y dérober — dîner, avec les amis d'Élisabeth, au restaurant « Chez Edgar ». Non qu'il regrette l'idée de se retrouver dans ce sympathique établissement — il sait déjà qu'il prendra du saumon Gravelack — mais il craint, dans ce temple du Tout-Paris de la cohabitation, de rencontrer des curieux professionnels, politiciens ou journalistes, et d'avoir encore à leur opposer des démentis, qui leur paraîtront dérisoires, lorsqu'ils sauront...

CHAPITRE X

Coup de tonnerre

Mardi, 9 heures, hôtel George V

C'est l'heure des petits déjeuners d'affaires dans les grands hôtels parisiens. A vrai dire, beaucoup de convives en sont déjà à l'addition. Mais six hommes viennent à peine de se retrouver, à l'une des premières tables, sur la gauche, et vont entamer leurs cafés-croissants.

Trois figures du radicalisme, du centre-gauche, du centre-droit et du centre-centre, sont ici réunies : Michel Crépeau, André Rossinot et François Doubin, en présence de ceux qui sont à l'initiative de la rencontre : le professeur de science politique Roger-Gérard Schwartzenberg, qui a du mal à reconnaître qui que ce soit parce qu'il est profondément myope, mais qui ne porte pas de lunettes, par coquetterie ; Michel Scarbonchi, type même de l'apparatchik radical, méridional et volubile, enthousiaste aux côtés de Doubin comme il l'a été successivement auprès de trois autres présidents du M.R.G. ; et François Garcia, vieux routier du centrisme, étonnant connaisseur de la carte électorale, qui a été de toutes les opérations avortées de regroupement du centre depuis vingt ans.

« Nous avons pensé qu'il était urgent d'organiser cette confrontation, attaque Scarbonchi. La présidentielle se profile à l'horizon, et une fois de plus, le monopole de la parole va appartenir au P.S. d'un côté, aux quatre chefs de la droite de l'autre. La famille radicale risque, cette fois encore, d'être laminée. Il est peut-être temps d'esquisser enfin un rapprochement organique... »

Tous opinent. Et l'on se met à discuter. En une demi-heure, l'affaire paraît bouclée. Même si Crépeau aime bien le P.S., même si Rossinot apprécie beaucoup Chirac, même si Doubin pense qu'on ne peut pas se passer de la dimension écologiste, les uns et les autres sont d'accord pour estimer qu'une candidature commune du radicalisme correspondrait à ce dont la France a besoin, pacifiée qu'elle a été, dans ses profondeurs, par la cohabitation.

On esquisse même un semblant de programme : démocratique, libéral (mais sans excès), européen, social et de tonalité moderne.

La discussion baigne dans l'huile. A ce moment, Garcia demande innocemment : « Et qui pourrait être le candidat ? »

Plutôt que d'aborder de front une question aussi délicate — qui paraît presque incongrue à cette heure de la matinée — on dessine le portrait-robot du candidat idéal. Il faut, dit Crépeau, qu'il soit, ou ait été, Président en titre d'une des branches de la famille radicale : les autres en sont d'accord ; cela éliminera les personnages non représentatifs.

« Dans le même ordre d'idées, avance Garcia, il faut qu'il ait été membre d'un gouvernement ! ». Crépeau et Rossinot approuvent, mais pas Doubin...

— « Il faut qu'il vienne du M.R.G., qui est quand

même le parti le plus important de notre future organisation ! », suggère Doubin. Crépeau approuve, mais pas Rossinot...

On touche vite aux limites du portrait-robot. Au sein du trio Crépeau-Doubin-Rossinot, il s'en trouve toujours un pour trouver que, décidément, le critère avancé n'est pas recevable... Roger-Gérard Schwartzenberg suggère alors :

« Et que penseriez-vous de la candidature d'un universitaire, de quelqu'un qui pourrait tenir au pays un discours à la fois théorique et pratique ?

— Qui cela ? demande Scarbonchi.

— Eh bien, je n'aime pas me pousser du col, mais... moi, par exemple ! » Ses interlocuteurs regardent leurs souliers, ou se mettent à chercher une serviette égarée sous la table...

On se sépare. Les poignées de main sont chaleureuses, sur le trottoir de l'avenue George V. Mais tous l'ont compris : il n'y aura pas de réunification radicale cette année...

Mardi, 9 h 15, hôtel Matignon

Le Premier ministre parcourt la « revue de la presse audiovisuelle » du matin. Philippe Alexandre, sur R.T.L., est le seul éditorialiste à avoir parlé, aujourd'hui, de l'absence du Président Mitterrand :

« Elle court, elle court, la rumeur. Trois jours sans voir le Président, c'est beaucoup. C'est trop, affirment en chœur ceux qui l'adorent et ceux qui le détestent. Les premiers font croire à la réflexion qui précède les grands coups — tel de Gaulle se retirant à Saint-Jean-Cap-Ferrat, en 46, ou à Baden-Baden en 68. Les autres se demandent, angoisse et espoir mêlés, s'il ne serait pas malade, comme naguère Pompidou, ou bien un peu fêlé, comme jadis Deschanel, voire même tout à fait mort, comme de Gaulle un soir de réussite. Eh oui, elle court, elle court, la rumeur... Pour une fois, ils seront tous gros Jean comme devant, les mitterrandiens et les antimitterrandistes quand demain matin, tranquillement, le Président présidera le Conseil des ministres ! »

Pour une fois — se dit Chirac — Philippe Alexandre n'a peut-être pas tort...

Mardi, 9 h 15, palais de l'Élysée

Jean-Louis Bianco et Jacques Attali ont conduit leurs pas — comme pour conjurer le sort — jusqu'au bureau du Président de la République. Ils n'ont pas osé aller jusqu'à la table de travail du Président, ni même simplement jusqu'au centre de la pièce. Tout de suite en entrant, à gauche, ils se sont assis — on dirait qu'ils se sont à peine posés — Attali sur le canapé, Bianco sur le fauteuil d'angle.

Bianco tend à Attali la dernière page de la « revue de la presse audiovisuelle », qu'ils viennent de parcourir, ensemble, en silence.

Ils le constatent : il n'y a pas absolument péril en la demeure. L'actualité de l'écume des jours rassasie les éditorialistes. Les bisbilles de la majorité donnent des choux gras aux commentateurs, tout comme l'opération Joxe-Mermaz, et le « signera-signera-pas-le-décret-de-nomination-de-Sudreau ». Seul Philippe Alexandre revient sur la rumeur de la disparition de François Mitterrand, évoque même sa mort possible — mais sans avoir l'air d'y croire. « De toute façon, remarque Bianco, on savait bien qu'on ne pourrait pas aller au-delà de demain matin. Il ne nous reste plus que vingt-quatre heures, Jacques... »

Mardi, 9 h 30, boulevard Saint-Germain

A une encablure du siège du P.S., Michel Rocard a rejoint sa permanence, signalée simplement sur la liste des locataires, sur la fenêtre de la concierge, par la mention « Secrétariat M.R. ».

Il termine sa lecture de la presse du jour par *Le Matin*. L'opération Joxe-Mermaz y tient une pleine page, avec des signatures que Rocard épluche, une par une, soulignant ici ou là quelques noms, au stylo. Il décroche son téléphone : « Passez-moi Petitdemange ! puis après quelques secondes d'attente : — Allô, tu as vu la liste des signataires de l'appel Joxe-Mermaz ?... Ouais, à mon avis, les copains tardent un peu à signer. Appelle dans chaque fédé, et dis-leur de signer en masse... O.K... salut ! »

Rocard parcourt ensuite les appels lancés à Mitterrand, par Mauroy, par Chevènement, par Delors. Amusé et agacé, il lit enfin l'éditorial, intitulé : « P.S. : l'union sacrée. » L'auteur — anonyme — y salue l'abnégation avec laquelle tous les leaders du P.S. — Rocard, Mauroy, Fabius, Chevènement, Delors, Joxe, Mermaz — s'inclinent devant la personnalité (et la candidature souhaitée) de François Mitterrand. « Pharisiens... », laisse-t-il seulement échapper à voix basse...

Mardi, 10 heures, dans les bureaux de l'Assemblée nationale

Jean-Pierre Chevènement est heureux de ce rendez-vous avec Michel Debré. A peine installés, côte à côte, dans la pièce exiguë, Chevènement explique pourquoi il a tenu à rendre visite à l'ancien Premier ministre du général de Gaulle :

« J'ai le sentiment que François Mitterrand ne va pas se représenter. Vous le savez, dans ce cas, je souhaite personnellement proposer ma candidature au pays. Je pourrais, bien sûr, tenter d'être seulement le candidat du parti socialiste — et mes chances sont bonnes, face au risque que représente Michel Rocard... »

Debré écoute, paternel, amusé, intéressé.

« Mais, ma conviction — reprend Chevènement — c'est qu'il faut dépasser les clivages partisans. Ma candidature n'a de sens que si elle excède, de loin, les frontières du parti socialiste. Comme vous le savez, je suis partisan d'une vision beaucoup plus vaste, qui soit authentiquement moderne, et républicaine...

— Je sais — observe Debré, bienveillant — et cela a toujours été à votre honneur...

— Bref, j'aimerais que mon éventuelle candidature soit le point de départ d'un vaste mouvement, dont je ne sais comment on pourrait le baptiser, mais en tout cas quelque chose qui pourrait tourner autour des deux mots de Patrie et de Progrès...

— Oui, c'est très intéressant, et très juste, à mon avis.

— J'espérais en effet, vous connaissant, que ce serait là votre sentiment. Je suis donc venu vous demander si dans cette hypothèse je pourrais compter sur votre appui, et si vous le voulez bien, sur votre parrainage. »

Michel Debré s'est renversé en arrière. Il a presque fermé les yeux. Il ne parle pas, mais opère quelques vifs mouvements de tête, de gauche à droite, puis, se penchant à nouveau en avant, dit très vite :

« Voyez-vous, Chevènement, j'ai en effet beaucoup d'estime, beaucoup de sympathie pour votre démarche. Je souhaite qu'elle aboutisse, parce qu'elle dégagera les socialistes de leurs vieilles ornières, dogmatiques et pacifistes. Je crois aussi qu'il faut dépasser les anciennes oppositions entre gauche et droite, pour fonder une vie politique qui distingue fondamentalement les hommes de la nation et du progrès d'un côté, ceux de l'étranger et de la stagnation de l'autre. Mais — comprenez-moi — on ne doit pas jeter le bébé avec l'eau du bain. Les gaullistes ont fait leur travail. Vous faites le vôtre, et c'est très bien. Ne sombrons pas dans une confusion que le pays ne comprendrait pas, et nous reprocherait à juste titre. Quoi qu'il m'en coûte, vous le savez bien, je n'ai pas d'autre ressource pour ce qui me concerne que de soutenir Jacques Chirac... »

Chevènement restera encore, trois quarts d'heure, à argumenter mollement avec l'ancien grand vizir du Général : il a compris que les jeux sont faits, et qu'il n'obtiendra pas le soutien de Michel Debré.

Mardi, 10 h 30, avenue Bosquet

Laurent Fabius retrouve auto et chauffeur, garés devant la permanence de Pierre Mauroy. « A la maison », dit-il en s'installant à l'avant.

Pendant que la voiture roule, il réfléchit à ce que vient de lui dire Mauroy. Il en est persuadé : son prédécesseur à Matignon n'a pas cherché à le « bluffer ». Mitterrand lui a bien dit « Préparez-vous ! », et le maire de Lille est gonflé à bloc.

Une candidature Mauroy : c'est bien le pire qui puisse arriver à la France, au P.S. et à moi, pense Fabius. « Bien sûr, j'ai le temps d'attendre. Mais ce n'est pas seulement une question de délai. Mauroy candidat, cela veut dire que le P.S. est foutu pour des années. On ne se remettra pas de la campagne nullissime qu'il va faire. Et en plus je serais forcé de le soutenir ! Sans compter que, du coup, Rocard va y aller aussi et qu'il va nous balayer — peut-être se faire élire ! On va mettre des années à recoller les morceaux. Faut-il que Mitterrand soit parfois aveugle ! Heureusement que... »

Au moment où la voiture passe la rue Soufflot, Laurent Fabius se souvient de cette citation, qu'il utilisait parfois du temps où il était étudiant à Sciences-Po. La formule qualifiait l'attitude du comte de Chambord, héritier du trône de France, qui sabota en 1873 la restauration de la monarchie, par son entêtement à conserver le drapeau blanc pour emblème. On attendait, disait-on à l'époque, « que Dieu lui ouvre les yeux ou daigne les lui fermer ». Pourquoi, se demande le député de Seine-Maritime, faut-il qu'une telle phrase me revienne tout à coup ?

Le chauffeur s'est arrêté place du Panthéon.

Revenu dans l'appartement, Fabius se sent décidé à agir. Françoise et les enfants sont partis. Tout est tranquille. L'ancien Premier ministre que le Président avait donné à la France se change, enfile un jean, passe un pull jaune. Il téléphone à son ami Schweitzer, puis, assis à son bureau, prend une rame de papier blanc, son stylo-plume et commence posément à écrire. A la fin de la matinée, il aura rédigé les trois textes qu'il a dans la tête, et auxquels il donne consciencieusement des titres et des numéros.

« *N° 1. Appel.* La majorité sortie des urnes le 16 mars 1986 a définitivement failli. Elle a échoué sur l'emploi — en particulier l'emploi des jeunes. Elle a échoué sur la sécurité. Elle a échoué dans la défense du rang de la France. Voici maintenant qu'elle se déchire et que chacun des quatre cavaliers de la droite essaie de sortir son épingle du jeu avant qu'il soit trop tard.

Mais il est déjà trop tard pour eux ! Le pays comprend de plus en plus clairement que, pour sortir de ces temps difficiles, seul le plus lucide des hommes d'État — celui qui ne leur a jamais menti — peut aujourd'hui constituer le recours, la sauvegarde, l'espérance.

François Mitterrand est le président de tous les Français. Les Français ont besoin de leur président, mais d'un président resourcé à la légitimité du suffrage universel. La logique veut donc que le Président François Mitterrand tire les conclusions de l'expérience en cours, provoque une nouvelle consultation présidentielle et conduise personnellement le combat de la démocratie et de la volonté de modernisation du pays. Je n'ai personnellement pas d'espoir plus cher. »

« *N° 2. Candidat.* Au Parti socialiste, les candidatures à l'élection présidentielle ne se proclament pas dans des conférences de presse ou du haut du balcon des mairies. Ce sont les militantes et les militants, tous ceux qui composent le parti dans ses sections, à la base, qui désignent démocratiquement le candidat.

A ces militants, je dis aujourd'hui clairement : j'entends proposer ma candidature. Tous les socialistes sauront que je le fais dans un esprit de large union et d'ouverture : je ne suis candidat contre personne. Je suis candidat pour défendre les idées auxquelles je tiens, et parce que je crois que mes convictions et mon expérience gouvernementale peuvent être mises au service d'un ambitieux projet de modernisation et de justice pour mon pays. Je réserve bien sûr aux instances de la formation à laquelle j'appartiens le détail des propositions précises que j'entends défendre, dans le cadre des principes fondamentaux adoptés à notre dernier congrès. Je suis heureux à l'idée de participer à ce qui va être une grande entreprise collective. »

« *N° 3. Mort.* Je comprends d'un coup ce que veut dire l'expression : « brisé par l'émotion ». J'ai aimé François Mitterrand comme un autre père. Je l'ai servi avec ferveur. Le vide qu'il va laisser dans la République est immense.

Devant une disparition aussi tragique, aussi inacceptable, le pays doit s'incliner et méditer. Calculs personnels et ambitions calculées sont hors de mise. Nous ne devons penser qu'à celui que nous pleurons, et à la France, qui nous regarde. »

Laurent Fabius, sourire aux lèvres, relit ses trois textes. Puis il se relève, va se servir une boisson gazeuse, et appelle Joseph Daniel : « Est-ce qu'on a les derniers sondages ? »

Mardi, 10 h 45, palais de l'Élysée

L'huissier introduit le commissaire Antonini dans le bureau de Jacques Attali.

« Alors, qu'est-ce que vous avez trouvé ? demande tout de suite le conseiller spécial.

— Voilà. J'ai donc recherché, parmi les personnalités dont vous m'avez donné la liste, celles qui pouvaient être en possession, directe ou indirecte, d'un revolver de petit calibre.

— Oui, alors ?

— Eh bien, c'est négatif pour presque tous. Je n'ai rien trouvé du côté de MM. Mauroy, Joxe, Jospin, Bianco, Rocard, de leurs familles ou de leurs entourages. Je n'en ai trouvé un que chez M. Fabius.

— Quoi ?

— Eh bien oui, il se trouve que Mme Fabius Françoise,

née Castro, a fait l'acquisition, régulièrement enregistrée, d'un pistolet format 6,35, jeudi dernier, chez un armurier de la rue de la Chaise, à Paris...

— Quoi ? répète Attali, décidément incrédule. Françoise Castro ? Jeudi dernier ?

— Eh bien oui, j'ai d'ailleurs ici le double du document d'achat. Bien sûr, cela ne prouve pas que les autres personnalités n'aient pas pu se procurer une arme comme celle-ci (qui est assez courante). Mais en tout cas, Mme Fabius en a un tout neuf ! »

Abasourdi par cette révélation inattendue, Attali réfléchit. Il se félicite de ne pas s'être reposé sur le seul préfet Prouteau, et d'avoir confié cette enquête parallèle à Antonini, décidément très efficace ; il aurait même dû le mettre en piste dès le premier jour...

« Bon merci, commissaire. Laissez-moi votre rapport. Encore rien à propos de ma question sur les empreintes digitales ?

— Non, monsieur Attali, on s'en occupe. Je pense que nous aurons les résultats dans l'après-midi...

— Bon, venez ici tout de suite, dès que vous aurez quelque chose.

— Compris, monsieur Attali. A tout à l'heure, alors ! »

Jacques Attali reste à sa table de travail, silencieux, immobile, pendant une longue minute. Il sort un mouchoir, essuie lentement ses lunettes, puis appelle enfin sa secrétaire, lui demande si l'on peut joindre Françoise Fabius rapidement. La réponse ne tarde pas :

« Elle vient à l'Élysée dans quelques minutes ! Il y a une réunion chez Mme Mitterrand...

— Mais Mme Mitterrand n'est pas là ?

— Non, mais il y a une réunion avec certains de ses collaborateurs au sujet de leurs histoires d'associations...

— Ah bon... dites à Mme Fabius que je veux la voir... Qu'elle ne quitte pas l'Élysée sans passer à mon bureau. »

Mardi, 11 heures, hôtel Matignon

Jacques Chirac, son papier à la main, finit sa lecture, puis regarde Balladur et Juppé d'un air las.

« Écoutez... ce texte me paraît très bon, mais franchement il n'est plus d'actualité. On vient encore de me confirmer que le Conseil aura lieu normalement demain matin, et que je verrai le Président de la République auparavant...

— C'est sans doute ce qui va se passer, dit Juppé. Mais je pense qu'il vaut mieux être prêt à toute éventualité. Il vaut mieux répéter un texte pour rien que se trouver démuni dans la tempête si elle survient...

— O.-K., répond sobrement le Premier ministre. J'y vais. » Et il lit, fixant ses conseillers entre deux regards à son papier, le texte qu'ils lui ont apporté.

« Françaises, Français, si j'ai tenu à prendre la parole à la télévision ce soir, c'est que la circonstance la plus grave possible de notre Ve République est aujourd'hui survenue. Vous le savez, le Président de la République est mort.

« J'ai voulu m'adresser immédiatement à vous, pour ce bref message de gravité, d'émotion et de résolution.

Nous perdons un grand homme d'État. Mes options n'étaient pas les siennes, chacun le sait. Mais j'avais appris à connaître et à respecter François Mitterrand, en travaillant à ses côtés. Je sais que nous avions la même ferveur pour notre nation et pour la République. Il y a très peu de temps, je confessais personnellement dans une interview le plaisir que j'avais à travailler avec lui. Je n'en suis que plus libre aujourd'hui pour dire la peine personnelle que j'éprouve, au-delà des vicissitudes politiques. Je sais représenter l'ensemble des Français, lorsque, me tournant vers Mme Mitterrand et sa famille, je leur demande d'accepter les condoléances du peuple français, et celles de son Premier ministre.

« Les jours qui viennent doivent être d'abord consacrés à cela : au silence, à la méditation, au recueillement. Les obsèques du Président de la République seront, j'en suis sûr, l'occasion d'un recueillement universel autour de la France et de son chef disparu.

« J'aurai sûrement l'occasion de m'adresser à vous, à nouveau, dans la période qui s'ouvre. Pour l'heure, je souhaitais simplement, et tristement, incliner la douleur du pays devant une famille. Et rassurer les Français, s'il en était besoin, quant à la continuité de l'État : dans ces temps troublés, ils doivent être gouvernés d'une main ferme. La Constitution va être rigoureusement appliquée, pour organiser la transition sans heurts. Sachez, Françaises et Français, que pendant ce temps votre Premier ministre tient fermement la barre. »

Sa lecture terminée, Jacques Chirac marque un temps, puis reprend :

« Oui, je crois que c'est pas mal. Je n'aime pas trop le début...

— En effet, remarque Balladur, on pourrait peut-être entrer tout de suite dans le vif du sujet...

— Et puis, une phrase comme... Comment est-ce, déjà (il reprend son papier)... ah oui... « incliner la douleur du pays devant une famille »... C'est peut-être un peu too much, non ?

— Ah, dans un cas comme ça, il faut ce qu'il faut ! réplique Juppé, hilare...

— Bon... En tout cas, ce n'est peut-être pas la peine de descendre le répéter tout de suite en vidéo, puisqu'il est peu probable qu'on en ait besoin...

— Encore une fois, coupe Balladur, je crois pourtant qu'il vaut mieux être prêt...

— Bon, bon... Allons-y tout de suite ! » concède le Premier ministre, en prenant amicalement par le bras ses deux ministres.

Mardi, 11 h 30, rue de Solférino

Lionel Jospin n'est pas mécontent d'avoir obtenu — cela n'a pas été sans mal — cette interview dans *Le Nouvel Observateur.* Trois journalistes se sont déplacés pour le rencontrer : Franz-Olivier Giesbert, Robert Schneider et Claude Weill. C'est Giesbert qui attaque :

« Croyez-vous que François Mitterrand sera candidat à un nouveau mandat ?

— Ce n'est pas une question de croyance. Ce que je peux dire, c'est que *j'espère* que François Mitterrand sera candidat. Mais la décision appartient à lui seul.

— Que pensez-vous de l'initiative ditè Joxe-Mermaz ? demande Schneider.

— Je pense qu'ils ont à bien des égards raison dans leur analyse. Mais je pense aussi qu'ils pourraient ne pas utiliser les structures du Parti socialiste pour mener une action de ce type. Les sections et fédérations du P.S. n'ont pas à être mobilisées pour un appel au Président de la République, alors que celui-ci n'a exprimé aucun souhait personnel...

— Au cas où François Mitterrand ne se présenterait pas, est-il vrai qu'il existerait un « axe Jospin-Rocard ? », interroge Claude Weill.

— Je n'aime pas beaucoup ce terme d'axe. Si vous voulez dire que, dans le cas que vous évoquez, Michel Rocard se souciera de l'opinion du parti, et donc de son premier secrétaire, je l'espère bien, cela me paraît même tout à fait normal ! Si vous voulez dire que Michel Rocard souhaiterait alors ma propre candidature, cela m'étonnerait, mais posez-lui plutôt la question !

— Ne jouons pas sur les mots, reprend Weill ; Michel Rocard est candidat, si Mitterrand ne l'est pas. Peut-il, dans ces conditions, compter sur votre soutien ?

— Michel Rocard est un excellent candidat possible pour le P.S., à condition que le parti se prononce démocratiquement pour lui. Mais il y a d'autres excellents candidats possibles. C'est même la force du P.S...

— Quels autres candidats ? Fabius ? relance Giesbert.

— Laurent Fabius est aussi un très bon candidat. Soit pour cette fois-ci, soit, pensent certains camarades qui le trouvent bien jeune, pour une prochaine fois...

— Résumons, si vous le voulez bien — tranche Schneider — vous dites qu'il y a plusieurs candidats excellents. Mais Rocard présente l'inconvénient d'être minoritaire dans le parti, et Fabius est trop jeune. Alors qui? vous, Lionel Jospin?

— Je vous ai déjà dit qu'à mon avis la question ne se posait pas, dans la mesure où j'espère bien que François Mitterrand portera à nouveau les couleurs du socialisme démocratique. Si par hypothèse, il ne souhaitait pas se représenter pour un nouveau mandat, eh bien nous verrons, au P.S., démocratiquement, quel serait parmi nous le candidat qui pourrait être le mieux à même de réunir les suffrages des militants d'abord, des Français ensuite. Michel Rocard pourrait être celui-là, Laurent Fabius aussi, Pierre Mauroy aussi que vous avez l'air d'oublier. Et, pourquoi pas également, Lionel Jospin, qui est aujourd'hui le Premier secrétaire du parti socialiste, donc le premier des socialistes! Mais chaque chose en son temps... »

Mardi, 11 h 45, palais de l'Élysée

Françoise Castro-Fabius entre, pimpante, robe de gitane virevoltante, dans le bureau de Jacques Attali, qui vient à sa rencontre. Bisous.

« Tu voulais me voir, Jacques?

— Oui, juste un petit truc, excuse-moi. »

Et Attali raconte qu'il fait, pour le Président, une petite enquête à propos de la sécurité, pour voir quelles sont les mesures prises dans ce domaine, par ses propres amis : achat d'armes, systèmes de protection, etc. Françoise

Castro a l'air de gober sans difficultés l'histoire qu'il lui sert.

« Il se trouve qu'on m'a dit que tu avais justement acheté un petit revolver...

— On t'a dit ça ?

— Oui, pourquoi, ce n'est pas vrai ?

« ... (un temps d'hésitation, puis) — Si, si mais c'est assez récent, je ne pensais pas que ça pourrait être déjà connu...

— Bon, peu importe. Raconte : pourquoi un revolver ?

— Je l'ai acheté la semaine dernière, mercredi ou jeudi. Ça n'était pas une idée à moi. C'est Laurent qui m'a dit que, vu toutes les menaces qu'on reçoit dans cette période de fous, ce serait préférable d'en avoir un. Il m'a dit cela, plusieurs jours de suite, et j'ai fini par aller en acheter un. Il a même vérifié que je l'avais fait — alors que, je te dirai sincèrement, je crois que je ne saurais pas du tout m'en servir !

— Mmm... Laurent pense donc à votre sécurité, sur ce plan. Tu dis qu'il a même vérifié que tu avais bien acheté le revolver ?

— Oui, oui. Je l'ai acheté, je ne sais plus, mettons que ce soit jeudi. Eh bien, dès jeudi soir Laurent me faisait lui montrer le pistolet. Il a même lu la notice et tout !...

— Mmm... Et depuis, tu l'as toujours sur toi, ce pistolet ?

— Eh ben, non figure-toi. Je crois bien que c'était l'idée de Laurent que je me trimballe avec lui. Mais, il l'a examiné jeudi soir. Après on est sortis au cinéma, et depuis, je ne sais même plus où il l'a fourré ! »

Mardi, midi, boulevard Saint-Germain

Raymond Barre fait son entrée dans le salon de coiffure « Chez Julien ». Immédiatement entouré des soins du patron et des shampouineuses, il a l'air rayonnant.

Julien n'est pas sûr d'avoir bien compris la conclusion de son intervention à la télé, dimanche soir :

« Ça veut dire que vous êtes candidat ?

— Vous en doutiez, cher ami ?

— Non, je pensais bien, mais...

— Eh bien, cette fois, c'est clair, je suis candidat, et je suis sûr qu'on va s'amuser ! »

Pour l'heure, en tout cas, Raymond Barre s'amuse. Et il amuse le petit monde du salon.

« Léotard ? Léotard que jamais, mais enfin ! » « Giscard ? Moi je le trouve très distingué, très bronzé, très sportif pour un homme à la retraite ! » « Rocard ? Moi je serais très content de l'avoir en face de moi. Il paraît qu'il dit à ses amis que lui et moi on dit à peu près la même chose. Il va déchanter, le pauvre... » « Chirac ? Comme Premier ministre à la rigueur... » « Mitterrand ? Chapeau bas, il s'en est bien tiré. Maintenant, il n'a plus qu'à se tirer, tout court ! » « Fabius ? Déjà Chirac n'en a fait qu'une bouchée à la télé, alors face à moi... ! »

A un moment, la patronne propose :

« Vous voulez voir la presse, monsieur Barre ? Il y a *France-Soir* qui vient d'arriver...

— Faites toujours voir, madame Julien ! »

Et Barre jette en effet un œil — intéressé — à ce curieux titre de *France-Soir* : « Présidence : Attali enquête. » L'article raconte que, dans le mystérieux climat entretenu à l'Élysée, Jacques Attali a visiblement été chargé d'une enquête personnelle par le Président de la République. On le voit beaucoup plus qu'à l'ordinaire sillonner la ville. Il rencontre des hommes politiques et des ambassadeurs, des policiers et des journalistes. Que fait-il au juste ? Nul ne le sait. Certains pensent qu'il prépare la prochaine candidature présidentielle de François Mitterrand (« Très juste », pense Raymond Barre). L'hypothèse de *France-Soir* : Attali a été chargé du dossier « Terrorisme ».

Mardi, 13 heures, rue de Bellechasse

Dans ce petit restaurant du VIIe arrondissement, Michel Rocard confie à son voisin de table, le député Claude Évin :

« J'ai vu Bérégovoy et Delebarre. L'un et l'autre m'ont fait comprendre qu'ils seraient intéressés par le poste de Premier ministre. Je suis en tout cas à peu près sûr que, le moment venu, ils marcheront avec moi.

— Acceptons-en l'augure ! »

Mardi, 13 h 15, rue Saint-Simon

Dans ce petit restaurant du VIIe arrondissement, Laurent Fabius confie à son voisin de table, son ami et ancien directeur de cabinet Louis Schweitzer :

« J'ai vu Bérégovoy et Delebarre, l'un et l'autre m'ont fait comprendre qu'ils seraient intéressés par le poste de Premier ministre. Je suis en tout cas à peu près sûr que, le moment venu, ils marcheront avec moi.

— Acceptons-en l'augure ! »

Mardi, 15 heures, palais du Luxembourg

Le président du Sénat, Alain Poher, a l'air minuscule, derrière son grand bureau. Pour le moment, il appelle au téléphone l'un de ses collaborateurs, François Bordry.

« Je pense, lui dit-il, qu'il faudrait organiser une réunion avec quelques amis. Je n'attache pas un grand crédit à ces rumeurs sur la maladie ou sur la mort de Mitterrand, mais, n'est-ce pas, sait-on jamais ? Il n'y a pas de fumée sans feu. Alors, si nous devions nous acheminer vers un nouvel intérim, il faudrait que tout soit prêt, notamment sur le plan juridique...

— Parfaitement, monsieur le président, je vais m'en occuper...

— Remarquez, Bordry, mis à part le tragique éventuel de la situation, cela ne manquerait pas de sel...

— Que voulez-vous dire, monsieur le président ?

— Eh bien, on disait que si Mitterrand ne voulait pas démissionner pour se représenter, c'était beaucoup parce qu'il ne voulait pas que je m'installe à nouveau à l'Élysée pour un intérim...

— Oui, c'est vrai...

— Et je risque d'y retourner, non pas parce qu'il aura démissionné, mais parce que la Providence l'aura voulu ! »

Mardi, 15 h 30, avenue du Président-Kennedy (XVIe)

Alain Krivine et Arlette Laguiller présentent leurs papiers à l'entrée B de la Maison de la Radio, puis prennent l'ascenseur jusqu'au troisième étage.

Ils viennent enregistrer une interview pour « le 19 heures » de France-Inter. Leurs deux organisations — la Ligue communiste révolutionnaire et Lutte ouvrière — viennent en effet de prendre une décision historique : ils présenteront un candidat commun, qui sera Alain Krivine, à la prochaine élection présidentielle.

Ils n'ont pas été invités en direct, parce que la station de radio étatique (la seule qui fasse écho à leur décision) craint qu'ils ne parlent trop longtemps. Ils répondent, en effet, assez longuement, au jeune journaliste qui les interroge. En substance : oui, cette candidature sera maintenue, que François Mitterrand soit lui-même candidat ou pas. Oui, ils ont déjà une étiquette pour la candidature : Krivine sera « le candidat des travailleurs ». Non, le fait que Krivine soit le candidat — il en fallait bien un — ne veut pas dire qu'automatiquement Arlette Laguiller serait son Premier ministre.

Mardi, 16 heures, palais de l'Élysée

Le commissaire Antonini est de retour dans le bureau de Jacques Attali. Le conseiller spécial l'attend avec une réelle impatience. C'est qu'il lui a confié, à des fins d'analyse, de précieux documents : les deux papiers sous couverture plastique que, d'après Bianco, le Président avait en main vendredi soir, pendant la soirée fatale. Là encore, Attali n'a pas prévenu Prouteau et Bianco, mais s'est-il dit, si par hasard il y a sur ces papiers d'autres empreintes de doigts que celles du Président, et éventuellement celles de Pierre Mauroy (puisque le maire de Lille, lui, a officiellement vu le Président), cela sentira le roussi pour le propriétaire de ces doigts !

« Re-bonjour, monsieur Attali !

— Alors ?

— Alors, voilà. Les deux documents ont été très finement analysés, par des méthodes...

— Passons sur les méthodes — l'interrompt Attali —, donnez-moi les résultats !

— Eh bien, sur les papiers, il n'y a pas d'empreinte du tout. Mais il y a bel et bien des empreintes sur la couverture en plastique, et nous avons pu établir qu'elles appartiennent à trois personnes : Monsieur le Président de la République François Mitterrand, M. Pierre Mauroy et M. Laurent Fabius.

— Vous êtes tout à fait sûr de ce que vous dites, commissaire ?

— Cinq sur cinq, monsieur Attali, il n'y a pas l'ombre d'un doute. Pourquoi ? Est-ce si grave ?

— Rassurez-vous, commissaire, ne vous en faites pas, tout cela tient de l'exercice d'alerte, comme je vous l'ai dit. Je vous demande seulement de me confirmer qu'il n'y a pas d'erreur possible. Il ne pourrait pas y avoir d'autres empreintes que celles de ces trois personnages ?

— Absolument aucune autre, monsieur Attali, et il ne peut y avoir absolument aucune erreur.

— Parfait, commissaire Antonini, retirez-vous, maintenant. Et oubliez tout cela, comme convenu...

— Au revoir, monsieur Attali, à votre service. »

Resté seul, Jacques Attali s'est mis à marcher de long en large, dans son bureau. Il fait des allers et retours de la porte à la fenêtre, sans prendre garde au parquet qui craque, surtout dès qu'il n'est plus sur l'épais tapis. L'heure est grave. Il croyait, hier, tenir son coupable, avec Michel Rocard. C'est peut-être plus insensé encore cet après-midi — mais plus aveuglant de vérité aussi : Laurent Fabius ! Laurent — le protégé du Président — a fait acheter un revolver la veille du meurtre. Ce revolver — de même calibre que l'arme du crime — sa femme ne sait plus où il est, alors qu'il lui était théoriquement destiné. Laurent est la dernière personne à l'avoir eu entre les mains, de l'aveu même de Françoise. Et vendredi, ce document (cette « Note sur l'état de la France »), il l'a touché, lui, Laurent, alors qu'il est censé ne pas être entré dans le bureau du Président. Quelques minutes après le crime, il dira d'ailleurs au téléphone — les écoutes de Prouteau en font foi — qu'il s'est mis dans le pétrin. Tout s'enchaîne. Tout s'ordonne. Tout accuse, terriblement, affreusement, Laurent Fabius. Pourquoi, pourquoi Laurent, pourquoi lui que le Président avait tant aidé dans sa carrière ? Attali connaît la réponse à la question au moment même où il se la pose : c'est cette terrible ambition présidentielle. Fabius avait dû savoir, comprendre, apprendre, que le Président penchait pour une candidature Mauroy. Alors, ce geste fou le débarrassait d'un risque de parrainage du maire de Lille par le Président. La voie se rouvrait pour lui... Il pouvait rêver à l'Élysée.

Attali a décroché son combiné, composé un numéro : « Allô, Laurent ? Il faut qu'on se voie toutes affaires cessantes, cet après-midi même. C'est extrêmement important... »

Mardi, 17 heures, rue de Villersexel (VIIe arrondissement)

Il y a une petite foule, pour le « point de presse » organisé par François Léotard — entouré d'Alain Madelin, Gérard Longuet, Jacques Douffiagues et du porte-parole du parti républicain, le journaliste Philippe Vasseur.

Léotard revient sur sa démission, sur les déclarations de Jacques Chirac et de Raymond Barre, sur les propositions de Valéry Giscard d'Estaing. Mais les journalistes savent déjà tout cela. Il leur faut du frais, du neuf, de l'inédit. C'est demain qui les intéresse, et pas de comprendre hier. Alors, demain : quoi ? Les « léotardiens » vont-ils suivre Léotard dans la dissidence ?

« Je l'ai dit déjà, Mesdames-Messieurs, rappelle Léo, ma démission me permet de mener le combat du libéralisme, qui est celui du parti républicain. Cette démission n'a donc pas à entraîner celle de mes amis, qui font un travail indispensable au sein du gouvernement de Jacques Chirac. Mais bien sûr, si le combat des libéraux se voyait opposer une fin de non-recevoir — par exemple sur le projet de loi Pasqua — alors, nous réexaminerions la situation...

— C'est-à-dire, précise Alain Madelin, que si nos amendements essentiels — notamment sur les articles 23 à

28 — sont repoussés par le chef du gouvernement, ou par le groupe R.P.R., nous ne pourrons évidemment pas rester ministres. C'est clair ! Nous ne jouerons pas le rôle de potiches libérales dans un gouvernement conservateur ! ».

Jacques Douffiagues regarde Madelin d'un air contrit : il va plus loin que ce qui était convenu !

Mardi, 18 heures, rue Borromée
(XVe arrondissement)

Alain Le Scornet regagne le siège du P.S.U., qui tient ce soir Bureau politique. Il n'est pas mécontent de l'idée qu'il a eue cet après-midi, qu'il a testée, au téléphone, auprès des membres de son « courant », et qui devrait, donc, être acceptée ce soir. Il est possible, il en est certain, de tirer le P.S.U. de l'oubli où il est entré ces dernières années. Pour cela, il faut « jouer à fond les présidentielles ».

Et c'est là qu'est l'idée. Non, il ne faut pas essayer de mettre sur pied une candidature « autonome » du P.S.U., qui le laisserait exsangue ; il a — pense-t-il — du mérite à proclamer cela, lui qui, autrement, serait à coup sûr, le candidat présidentiel du parti. Non, il ne faut pas non plus se rallier à une candidature de la gauche traditionnelle, que ce soit celle de Mitterrand, de Rocard, de Lajoinie, de Krivine, de Lalonde.

Non : il faut susciter une candidature de large union, qui mobilise les forces de la contestation, du renouveau et de la démocratie autogestionnaire, une candidature qui obtienne l'assentiment du centre-gauche du courant écologiste (déjà, il a eu deux contacts encourageants cet après-midi) et qui embarrasse la C.F.D.T. Bref, là est l'idée : constituer une délégation assez large du « mouvement » de la gauche extra-parlementaire, et pousser à la candidature Gilles Martinet...

Mardi, 18 h 15, sur R.T.L.

Jacques Chapus, au micro, avale comme à son habitude deux mots sur trois de son journal. « Un communiqué que nous recevons à l'instant nous informe qu'une rencontre entre M. Raymond Barre et M. Jean-Marie Le Pen, président du Front national, aura lieu après-demain jeudi à 18 heures. »

Mardi, 18 h 30, Hôtel de Ville

François Bonnemain informe le petit groupe — Chirac, Balladur, Juppé, Toubon, Pasqua, Romani — du contenu du « point de presse » des léotardiens.

« C'est quand même pas joli-joli, commente Toubon. Quand on pense que c'est nous qui les avons faits !

— Bon, ne revenons pas là-dessus, tranche Chirac. Notre ligne de conduite est désormais claire. D'accord pour accepter leurs amendements aux articles 27 et 28. *Non possumus* absolu pour leurs autres amendements. A mon avis, ça leur suffira pour proclamer qu'ils ont gagné ! Si par malheur, ils insistent et s'ils démissionnent, c'est la guerre. On les remplace au gouvernement par trois R.P.R. — dont Jacques (dit-il en regardant Toubon), et on se prépare pour la crise... »

Mardi, 19 heures, palais de l'Élysée

Jacques Attali compulse les notes que vient de lui transmettre Prouteau, concernant le sieur Martinez. Elles confirment ce que le préfet lui a déjà dit, hier, mais précisent ses fonctions et son emploi du temps de vendredi. En fait d'agent de sécurité, Martinez est confiné au garage de l'Élysée, pour la surveillance des voitures. Il n'a même pas accès au Palais. Et, vendredi soir, il n'a, de toute façon, effectué qu'un demi-service : il avait quitté le garage avant même que le Président de la République revienne à l'Élysée. Négatif sur toute la ligne.

Attali s'avoue qu'il est déçu. Il n'avait jamais vraiment cru à la piste barriste, mais elle l'aurait bien arrangé.

L'huissier annonce l'arrivée de Laurent Fabius. L'ancien Premier ministre a l'air un peu surpris : « Salut Jacques, qu'est-ce qui se passe ? »

Attali a eu beau préparer son petit numéro, il se sent mal à l'aise. Comment présenter les choses d'une manière, et sur un ton tel que son interlocuteur ne se doute de rien ? Ce qui paraissait possible sur le papier est vraiment dur à faire dans la réalité... L'enquêteur improvisé de l'Élysée n'est sûr que de deux choses : Laurent Fabius s'est procuré une arme, et il est entré vendredi soir dans le bureau du Président. S'il mentait sur l'un au moins de ces deux points, ce serait un aveu.

Le conseiller spécial entreprend, donc, d'expliquer à l'ancien Premier ministre que des choses peu catholiques se sont passées à l'Élysée, depuis vendredi, à partir de cette visite d'intrus sans doute liés au terrorisme international. Que peut-être on cherche à « mouiller » des proches du chef de l'État, en le mettant, lui Attali, sur la piste d'indices mettant en cause des amis politiques et personnels du Président.

Ainsi l'a-t-on prévenu du fait que la femme de Laurent Fabius avait acheté un revolver, ainsi allègue-t-on que Laurent lui-même aurait, de fait, pénétré dans le bureau du Président vendredi soir, ainsi...

« Arrête, je t'en prie — l'interrompt Fabius d'une voix blanche — qui dit cela ? Qui fait ces allégations ?

— Écoute, Laurent, pour le moment je ne peux absolument pas te le dire, ne m'en veux pas et comprends-moi bien, je suis tenu au secret le plus absolu. En tout cas jusqu'à demain...

— De toute façon, je ne te comprends pas, Jacques. Même si j'avais un revolver, et même si j'étais entré dans le bureau du Président vendredi, qu'est-ce que cela pourrait faire, dis ?

— Je te dis que je me borne à quelques vérifications pour essayer de comprendre sur quelle piste on veut m'entraîner. Tu verras demain que...

— Dis-moi plutôt la vérité, Jacques. Le Président est mort, pas seulement blessé ? »

La phrase de Fabius résonne comme un coup de tonnerre dans le crâne d'Attali : « Le Président est mort, pas seulement blessé ? » — Fabius l'avait donc cru blessé...

« Que veux-tu dire, mort, pas seulement blessé ? Qui a parlé de blessure ?

(Silence : Laurent Fabius est blême)... — Je ne... personne... Simplement, avec toutes ces bizarreries depuis vendredi, ces interrogatoires que tu nous fais subir, les questions que tu as posées à Françoise ce matin, ce rendez-vous maintenant, ton insistance sur cette histoire de revolver, ces bruits suspects que personne n'a entendus vendredi soir mais qui pourraient être des coups de feu... J'ai fini par penser, d'abord, qu'on avait vraiment tiré sur François Mitterrand, et ensuite qu'on l'avait atteint. Blessé, parce que je ne pouvais pas croire qu'on nous cacherait une issue fatale. Mais là, avec le ton que tu as... les questions que tu me poses... Alors, Jacques, quelle est la vérité ?

— Là, je sais que tu vas m'en vouloir, mais vraiment je ne peux rien dire jusqu'à demain... Réponds-moi seulement, oui ou non, est-ce que tu es entré dans le bureau du Président, vendredi soir ?

— Mais non... »

Mardi, 19 h 30, palais de l'Élysée

Charles Salzmann, responsable des questions d'opinion auprès du chef de l'État, se frotte joues et menton d'un air pensif. Il est profondément satisfait de sa lecture.

Il rouvre les quatre rapports d'instituts de sondages qu'il a sous les yeux, celui qu'il a commandé et ceux que des amis directeurs de journaux lui ont obligeamment fait passer à titre confidentiel (il n'a pas, en revanche, celui de la SOFRES — très proche — que compulse au même moment Denis Baudouin à Matignon). Prenant un épais stylo noir et une feuille de papier, il retranscrit sur une même page, les cotes comparées du Président et du Premier ministre : C'est cette page qu'il va immédiatement faire porter, à l'attention de François Mitterrand, avec des copies pour Jean-Louis Bianco, Michel Charasse et Jean-Claude Colliard, dans la maison.

MITTERRAND	IFOP	L. HARRIS	BVA	IPSOS
Cote précédente	44	46	45	42
Cote lundi	53 (+9)	52 (+6)	52 (+7)	56 (+14)
CHIRAC				
Cote précédente	45	44	43	46
Cote lundi	38 (−7)	38 (−6)	39 (−4)	36 (- 10)

Magnifique résultat ! se redit Salzmann : le Président va être bigrement content !

Mardi, 19 h 30, hôtel Matignon

Denis Baudouin retranscrit les chiffres des cotes de popularité comparée de François Mitterrand et de Jacques Chirac, tels qu'ils viennent d'être établis par les différents instituts de sondage. Pourvu que Jacques Chirac ne le prenne pas trop mal : les résultats sont vraiment mauvais ! Comment lui faire avaler la pilule ?

Mardi, 23 heures, rue du Docteur-Blanche

Couché tôt, pour mieux affronter l'épreuve de demain matin, Jacques Attali ne parvient pas à trouver le sommeil. Les charges qui accablent Laurent Fabius sont là, terribles, irréfutables. Où l'ambition politique ne mène-t-elle pas les hommes les plus placides, les plus raisonnables en apparence, les plus intelligents ?

« Pauvre Laurent, et pauvres de nous », se redit une fois encore Attali. On verra demain, avec les autres, comment confondre Laurent — et s'il faut le confondre. On l'écartera, en tout cas, de la course à la Présidence. Au profit de qui ? Comment, maintenant, éviter Rocard ?

« Quand je pense qu'il y a encore vingt-quatre heures, je croyais dur comme fer que c'était Rocard... » Attali pense aux grandes erreurs judiciaires, aux crimes dont les meurtriers sont restés insoupçonnés, impunis...

Nuit de mardi à mercredi, 2 heures du matin, rue du Docteur-Blanche

Jacques Attali s'est réveillé, en sueur, terrorisé. Il se remémore encore parfaitement son affreux cauchemar, une scène à l'image d'un livre d'Agatha Christie, sans doute *le Crime de l'Orient-Express* qu'il a lu jadis et croyait avoir oublié. Dans son rêve, François Mitterrand était assis à son bureau, mais bizarrement le dos tourné à la porte. Tour à tour, ils entraient dans le bureau, puis en ressortaient : Fabius, Rocard, Joxe, Jospin, Mauroy, un inconnu (le chauffeur de Chirac ?), un ayatollah en turban, et puis Barre, Léotard, Giscard, Chirac, Balladur. Avant de ressortir de la pièce obscure, chacun plongeait un poignard dans le dos du Président.

CHAPITRE XI

Coup de théâtre

Mercredi, 8 heures, palais de l'Élysée

Jacques Attali vient retrouver, comme convenu, Bianco et Prouteau, pour organiser la suite, et d'abord la révélation au monde de la mort du Président de la République française.

A peine a-t-il franchi les portes de verre du perron central qu'un huissier l'accoste : il a reçu l'ordre de M. Bianco de conduire M. Attali, immédiatement, dans le parc. Vaguement surpris, Attali suit l'appariteur, se rappelant que c'est ici même que, vendredi — cela lui semble hier, mais en même temps, vieux d'un siècle — Bianco l'a accueilli pour lui apprendre l'affreuse nouvelle.

Les pas des deux hommes crissent sur l'allée. L'huissier entraîne le conseiller spécial sur la pelouse, en direction d'un bosquet — Attali se dit, machinalement, qu'il n'a pas pleinement profité des leçons du Président : il ne sait plus ce que sont ces arbustes...

Voici en effet, derrière le bosquet, Jean-Louis Bianco et... Jacques Attali sent sa raison défaillir. Une brusque et violente nausée le saisit à la gorge et dans la poitrine. Le sol se dérobe sous ses pas. Les arbres tournoient dans ses lunettes. Il se sent, lucidement, tomber sur l'herbe. Puis, plus rien. Le trou noir.

Quelques secondes (quelques minutes ?) plus tard, Attali écarquille difficilement les yeux ; Bianco est penché sur lui, calme et prévenant. Et derrière lui, ce n'était donc pas une apparition : souriant, le regardant d'un air à la fois amusé et tendre, comme affectueux, le Président de la République, François Mitterrand lui-même... François Mitterrand bien vivant, François Mitterrand qui lui parle doucement :

« Remettez-vous, Attali. Et rassurez-vous, je ne suis pas un sosie. Je suis bien moi. Je suis conscient du choc que je viens de vous causer. Je vous dois des explications. »

Le Président de la République appelle l'huissier, qu'on avait prié de s'éloigner, et lui demande d'aider M. Attali, qui a eu un malaise, à venir avec eux jusqu'au Salon des Ambassadeurs.

Quand les trois hommes — François Mitterrand, Jean-Louis Bianco, Jacques Attali — s'y sont installés, François Mitterrand livre enfin les explications annoncées. Attali est livide.

« Je tiens à vous dire, Attali, que si je vous ai mis au centre d'une difficile mise en scène, c'est que je savais pouvoir compter en tout temps sur votre intelligence et sur votre fidélité...

— Oui, monsieur le Président, articule difficilement Jacques Attali...

— Nous aurons le temps de reparler plus longuement de tout cela. Je vous demanderai alors de m'excuser pour tout le mal que je vous ai causé, reprend le Président. Pour l'heure, nous sommes assez pressés, et je voudrais seulement vous remercier de tout cœur, Attali, et vous dire en deux mots ce que j'espérais — et qui a parfaitement réussi, à mon sens.

— Au-delà même de toute espérance, précise Bianco...

— Donc — continue le Président, un instant agacé par l'interruption du secrétaire général — j'ai pensé que nous étions à un moment où il fallait brusquer les événements. Ma « disparition » pendant quelques jours devait avoir pour effet, selon moi, d'aviver les conflits et de dévoiler les stratégies personnelles. Donc, en définitive, de mieux me permettre de contrôler la situation J'ai donc décidé de disparaître, Attali. Mais une simple disparition aurait peut-être pu suffire pour exciter les esprits des gens de droite, qui convoitent ma place. J'ai pensé qu'il en faudrait en revanche un peu plus pour nos amis... d'où cette mise en scène. Il fallait leur convocation collective, ma disparition, votre enquête — qui servait de catalyseur — et la toile de fond de la rumeur pour que ces messieurs se prennent pour des personnages shakespeariens, et qu'ils se révèlent tout à fait...

— Vous voulez dire, monsieur le Président, que la rumeur elle-même a été organisée par vous ?

— Je veux dire que nous avons réfléchi méthodiquement, avec Bianco et Prouteau. J'ai été désolé, croyez-le bien, de ne pouvoir vous mettre dans la confidence, mais il fallait vraiment que vous soyez, comment dire, parfaitement innocent, pour que tout se déroule bien, sans éveiller de soupçons.

— Et vous estimez, monsieur le Président, que tout s'est bien déroulé... ?

— Quand vous aurez repris vos esprits, nous ferons le

point, Attali. Par exemple en déjeunant, tout à l'heure. Mais, vous savez, je pensais au bilan de ces quatre journées, en venant ici, ce matin. Il me paraît tout à fait impressionnant. Leur projet de loi Pasqua sur la sécurité est soit enterré, soit sur la voie d'être fortement amendé en ce qui concerne ses aspects essentiels. La majorité va à vau-l'eau, et le débat sur la loi Pasqua laissera des traces indélébiles pour les reports de voix entre les deux tours de l'élection présidentielle. Les ambitions personnelles ont repris le dessus, jusqu'à ce pauvre Giscard qui y croit encore ! Voyez les bisbilles publiques entre Chirac, Barre et Léotard. Voyez — c'était presque inespéré — la démission de Léotard et le lancement de sa candidature présidentielle. Voyez Sudreau, qui pleure parce que sa nomination par moi est en cause. Voyez Chirac qui multiplie les hommages et les protestations d'amitié à mon égard... Je vous assure, le panorama, à droite, est tout à fait réjouissant. Regardez, d'ailleurs, les Français ne s'y trompent pas : les sondages qui vont être publiés aujourd'hui enregistrent tous une très forte progression de ma « cote », comme ils disent, au détriment de celle du Premier ministre ! Ma propre candidature est sur une parfaite orbite, sans que j'aie rien eu à faire ou à dire...

— Cela veut dire, monsieur le Président — demande Attali (pas encore absolument convaincu d'avoir repris pied dans la réalité) — que vous êtes bien candidat à l'élection présidentielle ?

— En avez-vous jamais douté, Attali ? D'autant que, cette fois-ci, grâce à notre petit subterfuge, la place est nette du côté de nos amis. Michel Rocard a officiellement renoncé à sa candidature au profit de la mienne, ce qui paraissait hors de portée et à soi seul justifierait notre

« coup ». Jospin est remis en selle comme premier secrétaire du P.S., mais pas plus. Tous les dirigeants du parti, de Mauroy à Chevènement en passant par Delors, Fabius ou Delebarre, ont fait publiquement appel à moi sans que j'aie eu à bouger. Et la mécanique mise en place par Joxe et Mermoz va être bien utile sur le terrain !

— Tout cela est sans doute vrai, monsieur le Président, mais n'aurions-nous pas pu obtenir de tels résultats sans recourir à ce stratagème ?

— Cela, mon cher Attali, nous ne le saurons jamais. Je suis pour ma part persuadé que c'était le moyen le plus expéditif... Cela dit, je regrette vraiment beaucoup d'avoir dû jouer au chat et à la souris avec vous.

— Oh, ce n'est pas ce que je voulais dire, monsieur le..

— Vous savez, Attali, le rôle que je vous ai attribué illustre au plus haut point la confiance que j'ai en vous. Pensez-y : c'est grâce à vous, à tout ce que vous avez provoqué pendant ces quatre jours, que je vais pouvoir être candidat — si finalement je le souhaite —, à la Présidentielle ! Sans Rocard, mais avec Léotard et une droite divisée... »

Le Président s'excuse : il doit vite regagner son bureau, pour classer quelques papiers, avant de recevoir le Premier ministre.

« Nous nous retrouvons tout à l'heure. Merci encore, Attali ! »

Le regardant s'éloigner, Jacques Attali éprouve des sentiments mêlés. L'aigre tristesse, sans doute, de celui qui a été floué, joué, manipulé. La fatigue aussi de ces journées passées, de ce stress maintenant retombé, de cette activité malgré tout dérisoire — quoi que pense le Président de son utilité. Mais ce qui domine, en cette minute, chez le conseiller spécial de François Mitterrand, c'est, déjà, la joie d'avoir retrouvé son patron, la satisfaction de le voir ainsi « rebondir », l'admiration pour ses constructions d'esprit. « Quand même, quel homme ! », se dit-il, éperdu.

Mercredi, 9 heures, palais de l'Élysée

« Monsieur le Premier ministre ! », a crié l'huissier. Et Jacques Chirac pénètre dans le bureau présidentiel. Le Président l'accueille avec un large sourire.

« Alors, monsieur le Premier ministre, j'ai lu que vous éprouviez du plaisir à venir travailler avec moi ? J'en suis très heureux, d'autant que, voyez-vous, je suis moi-même très content de vous voir... »

Mercredi, 9 h 30, palais de l'Élysée

Jacques Attali a rejoint Jean-Louis Bianco dans son bureau.

« Tu crois qu'il va annoncer sa démission et sa nouvelle candidature au Conseil des ministres ? lui demande-t-il.

— Je n'en ai pas la moindre idée. Mais ça m'étonnerait, ça ne lui ressemble guère. Il va encore les laisser mariner dans leur jus ! De toute façon, il peut encore changer de tactique. L'important, c'est qu'il a désormais toutes les cartes en main. »

Attali, bien sûr, revient sur la machination du vendredi soir et sur les dures journées qu'on lui a fait vivre. Bianco est sincèrement désolé, mais convainc sans trop de mal son ami de comprendre qu'on ne peut qu'obéir aux ordres d'un tel homme... Mais pourquoi avoir vraiment monté toute cette mise en scène avec Prouteau ?

« Parce que, explique Bianco, d'une part, il fallait une base concrète à la rumeur. Et puis, on voulait que Rocard croit vraiment à la mort du Président. Il fallait donc qu'on s'arrange pour que *lui* au moins entende des bruits suspects, et vienne entrevoir ce qui se passait. On a transmis à Rocard un message lui disant de rappeler quelqu'un. Et on n'a eu qu'à attendre qu'il sorte pour téléphoner. S'il était entré pour de bon dans le bureau du Président, Prouteau savait quoi lui dire en l'éconduisant.

— Pourquoi avoir reçu Mauroy, avant tout ce simulacre ?

— Le Président te l'expliquera. Il a pensé, je crois, qu'une phrase vague, du type « Préparez-vous », dite à Mauroy, serait propagée par lui, et ne manquerait pas d'avoir des effets sur les ambitions et les stratégies personnelles des autres... Au pire, le Président serait apparu comme le seul recours, le seul fédérateur possible...

— Et les empreintes digitales de Fabius sur la couverture en plastique de la note ?

— Là, tu m'as embêté, quand tu m'as dit ça hier soir. Tu sais, tout simplement, cette note était une note de Laurent, transmise au Président dans la journée, il était donc normal qu'elle porte ses empreintes ! J'ai eu peur, comme cela, deux ou trois fois, que tu prennes des initiatives policières en dehors de Prouteau. J'ai cru, aussi, à deux ou trois reprises, que tu allais découvrir le pot aux roses...

— Ah oui ?

— Ben oui, je me suis dit : connaissant le Président comme il le connaît, il va faire le rapprochement avec l'attentat de l'Observatoire, il va se dire qu'il n'y a pas eu de vrai coup de feu...

— J'étais à cent lieues de cela, observe Attali, à nouveau plongé dans ses pensées. Au fait, où était le Président pendant tout ce temps-là

— Oh ! chez des amis à lui... A trois cents mètres de chez toi ! »

Mercredi, 10 h 15, parc de l'Élysée

Attali, les mains dans les poches, la tête légèrement penchée en avant, fait les cent pas dans les allées solitaires et glacées du parc désert. Les scènes de ces derniers jours remontent à sa mémoire irritée.

C'est à quelques mètres d'ici, en haut de ces marches, devant le salon des Portraits, que tout a commencé. C'est là que Jean-Louis l'a pris par l'épaule, pour l'entraîner dans cette macabre mise en scène. En veut-il à Bianco ? Bien sûr, à un premier niveau, il se sent même furieux contre lui : peut-on jouer ainsi, sciemment, avec les nerfs et la sensibilité d'un ami ? Mais en même temps, Attali sent bien que la justification du secrétaire général est inattaquable : il sait que les désirs du Président sont des ordres, et que le pauvre Jean-Louis — qu'il a, du reste, failli soupçonner, il s'en souvient ! — n'avait guère le choix. Leurs rapports de ces prochains jours risquent néanmoins d'être ombrageux...

Prouteau, peu importe. Lui aussi, n'a fait qu'exécuter. D'ailleurs, se dit Attali, il faudra le convoquer un de ces jours pour réexaminer avec lui, sérieusement, les problèmes de sécurité du Palais et du Président. Après tout, chemin faisant, on s'est quand même rendu compte par hasard qu'un individu extérieur — le chauffeur de Chirac — aurait pu être présent dans l'enceinte présidentielle sans que personne s'en soit aperçu ! On a su qu'un type du service d'ordre de Barre appartenait aux services de sécurité de l'Élysée ! Et on a pu apprendre que Prouteau n'avait même pas été tenu informé des agissements plus que suspects d'un groupe de soi-disant « étudiants islamiques » ! Tout cela fait beaucoup... Et méritera qu'on passe un savon au préfet-gendarme...

Attali repense aux dirigeants du P.S., à Michel Rocard et à Laurent Fabius surtout, dont il a pu imaginer qu'ils aient assassiné le Président ! Un instant, les digressions du conseiller spécial l'entraînent vers les difficultés de la justice, la fragilité du témoignage humain, l'angoisse que doivent ressentir les juges d'instruction. Encore heureux, se dit-il, sans vraie logique, que nous ayons fait supprimer la peine de mort...

N'a-t-il pas, au moins, été ridicule, devant ses interlocuteurs ? Rocard, Fabius et les autres, qui ont dû le trouver étrange, lui en voudront-ils pour son comportement ?

Rebroussant chemin devant la grille du coq, Jacques Attali écarte cette crainte. Non : il est toujours, estimet-il, resté prudent. Il n'en a pas trop dit. Il a toujours gardé ses soupçons pour lui... Tout de même, il faudra qu'il déjeune avec Michel, et aussi avec Laurent, pour dissiper tout nuage possible entre eux. Avec Lionel également. Évoquant le premier secrétaire du P.S., Attali réprime un sourire : dire que Jospin aussi se voyait candidat à l'élection présidentielle !

Une bonne chose, malgré tout, se dit Attali : son attitude toute de dénégation et de tranquillité d'âme, face aux rumeurs de disparition du Président, colportées devant lui, par les journalistes surtout, lui vaudront, rétrospectivement, estime et confiance de la part de ceux qu'il avait sur le moment cru flouer !

Il reste l'essentiel : le coup que lui a fait le Président. Comment François Mitterrand a-t-il pu, à ce point, se servir de lui, comme d'un jouet à télécommande ? Mais là encore, le Président n'a-t-il pas eu profondément raison, tout à l'heure, dans son début d'explication ? Ne lui a-t-il pas d'ailleurs, fait comprendre toute la confiance, toute l'affection même, qu'il a pour lui ?

Et puis, se dit Jacques Attali, qui d'autre pouvait jouer ce rôle difficile ? Sûrement pas Bianco, et sûrement aucun des conseillers de l'Élysée, ni Colliard, ni Charasse, ni personne. C'est vrai, lui seul était à la hauteur de cette tâche impossible... Mais quand même : quelle dure et invraisemblable épreuve...

Mercredi, 10 h 40, palais de l'Élysée

Jacques Attali a pris sa place, devant une petite table, derrière le Président de la République. Le Conseil des ministres va commencer. Avant d'ouvrir la séance, le Président se retourne vers son conseiller spécial, et lui dit à voix basse, à l'oreille :

« Dites, Attali, à votre avis, est-ce qu'un Président de la Vᵉ République peut décider qu'il n'existe pas ? »

Achevé d'imprimer en décembre 1986
sur presse CAMERON
dans les ateliers de la S.E.P.C.
à Saint-Amand-Montrond (Cher)
pour le compte des Éditions Calmann-Lévy
3, rue Auber, Paris 9ᵉ
Nº d'éditeur : 11229/01
Nº d'imprimeur : 3240-2146
Dépôt légal : janvier 1987